UNE FAMILLE

CLÉO LE-TAN

UNE FAMILLE

roman

BERNARD GRASSET
PARIS

Illustration de la bande :
© Pierre Le-Tan

ISBN : 978-2-246-80746-9

Tous droits de traduction, de reproduction et d'adaptation
réservés pour tous pays.

© *Éditions Grasset & Fasquelle*, 2013.

Chapitre 1

Le Lutetia

Michel avait donné rendez-vous à ses trois enfants au Lutetia, le grand hôtel parisien de la Rive gauche. Ils avaient décidé d'arriver ensemble, mais n'avaient aucune idée de ce que Michel avait à leur dire. Avec lui, on ne pouvait jamais savoir. Ils soupçonnaient le pire, ou le meilleur. Ils avaient raison : il quittait sa femme, leur mère à tous les trois. Après vingt-sept ans de vie commune, il partait s'installer avec une jeune Nigériane, elle-même âgée de 27 ans à peine. Elle était enceinte ; et de leur père, pour couronner le tout.

Michel avait 52 ans et trois enfants : Homère, Pénélope et Wilo. Il avait toute une vie derrière lui, avec une carrière et tout le reste. Il était artiste depuis plus de trente ans, et il avait réussi. Accomplie, sa vie l'était. À demi responsable de ses actes, de sa famille et de son quotidien, il n'avait jamais

Une famille

eu à rendre de comptes à qui que ce soit ; encore moins à lui-même. Michel était un homme pudique et réservé, avec un sens de l'humour imperturbable et une légèreté dans les propos qu'il tenait. Il avait des problèmes conjugaux, mais il gardait tout cela pour lui-même. Sa vie intime ne regardait personne, surtout pas ses enfants. Il avait des obligations, mais il préférait s'en amuser, plutôt que de s'en préoccuper.

Sur le trottoir, la silhouette d'un petit homme anxieux ; il fait les cent pas. Qu'attend-il ? Ses enfants ? Si ce n'est pas eux qu'il attend, ce doit être quelque chose d'encore plus inquiétant. De plus dramatique.

Wilo n'était jamais entrée au Lutetia. Parfois, lorsqu'elle passait devant le restaurant de l'hôtel, elle sentait une odeur d'huîtres s'en dégager. Elle essayait d'imaginer à quoi ressemblaient les chambres du temps de la Gestapo, et, plus tard, au retour des prisonniers des camps de concentration.

Ils pénétrèrent ensemble dans le bar. Michel les fit asseoir. Ils commandèrent à boire. Pour lui une double vodka tonic. Quelque chose de fort, il en avait l'habitude. Sans doute en aurait-il besoin aussi.

Le Lutetia

Le silence était lourd. Wilo ne savait absolument pas pourquoi il les avait réunis. Était-elle la seule dans ce cas ? Pour quelle raison étaient-ils là ? Les fauteuils en velours rouge à motifs géométriques du bar de cet hôtel de luxe et son bruit de fond discret rendaient l'attente encore plus perturbante. On sentait que c'était sérieux. Ou même grave.

Michel osait à peine détacher son regard du bol d'olives placé devant lui. Il buvait sa vodka à grandes lampées et ingurgitait les olives une à une. Il commença soudain à toussoter, comme s'il allait s'étouffer, et devint écarlate.

Pénélope s'impatientait. Personne ne se doutait encore qu'elle était la seule à savoir pourquoi ils étaient là. Elle n'en pouvait plus d'attendre que son père se mette à parler.

« Bon, Papa, tu veux que je le dise à ta place ou tu vas te décider à parler ? Allez ! »

On pouvait lire sur le visage de leur père, qui devenait de plus en plus rouge, une peur redoutable. Comme celle d'un enfant qui ne sait pas nager, et qu'on jetterait à l'eau. Une sensation qu'il ne connaissait pas, lui qui était resté agrippé au rebord toute sa vie. Mais pour la première fois, il fallait sauter.

Une famille

« Euh…. I met somebody[1]. »

Michel avait parlé anglais, une langue qu'il utilisait souvent quand il avait envie de se sentir étranger, et qu'il employait notamment avec Beaule, leur mère. C'était un détail important de leur vie commune, car on se doutait qu'au début de leur rencontre, cela avait dû participer à ce charme du dépaysement qu'il appréciait par-dessus tout. Lorsqu'il parlait anglais, il était un autre, et cela ne devait pas lui déplaire. Beaule était un personnage étrange. La vie avec elle était difficile pour tous, mais Michel le savait mieux que quiconque. Plus il s'éloignait de cette vie, mieux il se portait.

« Bon, alors Papa, tu continues…? l'enjoignit Pénélope.

— Euh… She is black[2]. »

Très vite, il avait ajouté qu'elle était enceinte, et qu'elle n'avait pas encore 27 ans, l'âge de leur frère aîné.

Wilo non plus n'était pas très à l'aise avec les silences prolongés. Alors, sans bien savoir pourquoi, elle a demandé si sa nouvelle compagne avait les cheveux tressés.

---

1. « Euh…. J'ai rencontré quelqu'un. »
2. « Euh…. Elle est noire. »

Le Lutetia

« En ce moment, elle a les cheveux très courts en fait…

— Ah, comme un garçon ?

— Euh, en fait, oui. »

À toute allure, Wilo réfléchit. Elle prenait conscience que son père était loin du cliché de l'homme proche de la cinquantaine quittant sa femme vieillissante pour partir s'installer avec un grand et sublime mannequin africain. Il ne correspondait pas à ce stéréotype, il en créait un nouveau.

Wilo n'avait pas envie de le juger. Ils l'avaient tous vu souffrir pendant de longues années, enlisé dans un mariage malheureux avec une femme qu'il méprisait de plus en plus à mesure qu'avançaient les années. Fou de rage, de lassitude, fou d'ennui et de haine. Tout le monde avait pensé qu'il finirait par devenir homosexuel. Que ce soit un homme ou une femme, au fond, quelle importance ? Ce qui comptait, c'était qu'il s'en sorte. Qu'il quitte cette vie misérable qu'il avait endurée si longtemps.

Depuis dix ans, Beaule avait été un monstre avec Michel. Elle vivait à ses crochets, tout en se disant femme au foyer, mais, en réalité, elle ne se souciait de personne, et, pour une mère, elle se

Une famille

comportait de manière presque indigne. Elle était irresponsable et n'avait pas plus de respect pour son mari que pour ses deux filles. Elle s'était éloignée d'eux, et tenait pourtant désespérément à se faire entendre et écouter. Quelque chose l'avait rendue distante, mais il était difficile de dire quoi.

Michel se libérerait donc de cet infernal calvaire quotidien, devenu permanent depuis que son couple avait dépéri et que ses enfants avaient grandi. Michel était devenu un homme triste. Il avait perdu le goût de vivre et ses enfants, qui l'aimaient, ne pouvaient le supporter.

Ils comprenaient son départ. Ils étaient même plutôt contents pour lui. Wilo était heureuse de voir une évolution qu'elle espérait favorable. Homère avait quelques réticences. Il n'aimait pas que les choses changent, et il avait une idée précise de ce que devait être une famille, et des valeurs qui vont avec. Lui qui avait du mal à devenir adulte, ne pouvait supporter que ce cocon familial, même bancal, même invivable, se brise.

Il se disait que Michel les verrait de moins en moins, puis plus du tout, eux, ses « anciens » enfants. Il avait même peur que Bomi, leur nouvelle belle-mère, soit vénale. Wilo ne connaissait

Le Lutetia

pas encore le sens de ce mot, il lui avait expliqué, et elle l'avait retenu.

Wilo était heureuse de pouvoir enfin voir son père l'être aussi. La naissance du nouveau bébé l'enchantait. C'était quelque chose de neuf. Depuis trois ans elle s'ennuyait tellement. Elle se sentait vide, et elle n'avait rien pour se consoler de cette vacuité qui avait envahi sa vie. Ses frère et sœur n'étaient plus là et elle se retrouvait seule, avec deux parents trop occupés à s'éviter ou à se détester... Elle trouvait la vie triste, tout était long et monotone. Elle espérait voir arriver quelque chose. Cette fois-ci, elle était servie.

Les choses se feraient lentement. Pour le moment, rien de précis. Des affaires financières, des papiers à régler... Puis Michel déménagerait. Des banalités matérielles dont il les tenait informés. Tout cela semblait à la fois si lointain, et si proche.

À la fin du rendez-vous, Michel se tourna vers Wilo. Elle passait son baccalauréat cette année-là. Il valait donc mieux qu'elle reste chez sa mère. Ce serait bien pour elle de s'occuper de sa mère, lui avait dit Michel. Ah bon, et pourquoi pas le contraire ?

Une famille

Ses rapports avec Beaule n'étaient pas commodes. Pauvre Beaule, délaissée par son mari après vingt-sept ans de mariage, seule et abandonnée à sa liberté. Une liberté qu'elle semblait pourtant avoir attendue depuis longtemps… Wilo lui devait bien cela : un peu de compagnie dans cet interminable couloir d'appartement qui serait bientôt presque inoccupé.

Elle avait du mal à s'imaginer une vie à deux : elle dans le rôle de la fille unique, désormais seule avec Beaule. Mais avait-elle le choix ? Pourquoi vouloir anticiper quelque chose qu'elle s'apprêtait à vivre ? Elle ne serait pas la première de son école avec des parents divorcés. C'était quelque chose d'habituel pour une adolescente de sa génération. Pourtant, elle n'arrivait pas à se faire à l'idée de vivre seule avec sa mère. Ce n'était pas tellement la difficulté de leur rapport qui la troublait, mais plutôt l'espace vide qu'elles auraient à occuper, à deux, dans ce grand appartement. C'était idiot, mais Wilo préférait penser à ces détails matériels et sans importance, plutôt que d'essayer de faire face à ce qui lui faisait vraiment peur : affronter ses problèmes avec sa mère sans l'aide ni la présence de personne.

Le Lutetia

En somme, le père de Wilo partait seul à l'aventure et lui léguait ce dont il ne voulait plus. Il lui laissait ce qui, pour lui, était désormais révolu, sa vieille vie pleine de problèmes et de malheurs. Merci beaucoup.

Ils n'avaient pas fini leurs verres, mais ils partirent précipitamment. À son retour, Wilo avait retrouvé Moto, sa petite correspondante japonaise. Elle habitait chez eux pour quelques semaines. Elle n'était au courant de rien. Personne n'avait le droit de répéter quoi que ce soit, c'étaient les instructions de Michel. Moto et Wilo entretenaient des rapports formels et courtois, et il est vrai que le fait qu'elle soit mêlée sans le savoir à cette tragédie familiale faisait rire Wilo.

Ils étaient tous rentrés rue des Filles-Saint-Thomas. L'appartement dans lequel ils avaient grandi reflétait bien leur enfance : anarchique mais familier, plaisant sans être chaleureux, et dans lequel, surtout, on pouvait vivre sa vie tranquillement. Chacun pouvait y passer du temps, sans jamais croiser personne. Les pièces étaient très éloignées les unes des autres, les murs étaient recouverts de livres, le sol aussi (des piles entières

Une famille

réduisaient l'espace) et les meubles au charme insolite complétaient la singularité de ce foyer. La petite Moto les avait aidés à préparer des nouilles japonaises, des *udon* (les plus épaisses) qu'ils avaient ensuite mangées ensemble.

La soirée était plutôt sympathique. Calme. Silencieuse. Un silence semblable aux mélodies que l'on peut entendre dans les scènes de films nostalgiques.

Personne ne semblait particulièrement ému. Personne ne semblait triste. Wilo était simplement surprise. Elle comprenait. C'était ainsi, et aucun d'eux n'avait à s'en mêler.

Beaule était arrivée. Elle s'était affalée sur le premier canapé venu, et s'était mise à sangloter. Elle avait même *éclaté* en sanglots en constatant que les enfants étaient déjà au courant. Tout d'un coup, Wilo et les autres eurent l'impression d'être au théâtre. Pour Beaule, grande amatrice de mélodrames, c'était l'occasion rêvée, elle tenait enfin son grand rôle, celui de la femme abandonnée.

Pour la première fois, leur pauvre mère leur inspira de la compassion. Au-delà du rôle, Wilo devinait pour Beaule une longue et dure période grise.

Le Lutetia

Une période de dépression, de crise, et de difficultés à surmonter.

Wilo était réellement décidée à l'aider. Elle était convaincue, ce soir-là, que ce changement serait bon. Pour tous.

Dans la relation tumultueuse qu'entretenaient Wilo, Pénélope et leur mère, cette nouvelle, et ce qui allait en découler, ne pouvaient mener qu'à quelque chose de prometteur, peut-être même à une amélioration de leurs rapports. Une nouvelle entente. On y croyait.

CHAPITRE 2

Portraits de famille

Wilo Colombe Mars Du-Vrê
(cadette de la famille)

Wilo a une drôle de personnalité. Par exemple, elle s'est toujours mieux entendue avec les personnes âgées qu'avec les jeunes de son âge. Lorsqu'elle était petite, elle dormait souvent chez ses grands-parents paternels avec sa cousine. Puis, lorsqu'elle commença à avoir des problèmes chez elle, elle y retourna souvent. Elle y passait parfois des semaines, ou des mois entiers, sans jamais rentrer chez ses parents. Avec sa grand-mère, elles regardaient de drôles d'émissions à la télévision : *Questions pour un champion* à 18h10, *Sept à la maison* juste avant, le journal de vingt heures peu après, et bien sûr, la messe sur France 2 le dimanche matin. Elles mangeaient des petits repas que Marguerite, sa grand-mère, préparait ; et par-

Une famille

tageaient leurs secrets au cours de conversations qui leur faisaient comprendre beaucoup de choses sur leurs générations respectives.

Lorsque Wilo ne dormait pas chez ses grands-parents, elle trouvait toujours un jour de la semaine pour s'échapper de l'école et aller y déjeuner. Elle aimait discuter avec Marguerite, et adorait lui raconter ce qu'elle vivait en classe ou à la maison. Elle pouvait s'ouvrir à elle. Elle lui confiait ses problèmes ou lui demandait conseil, et avait chaque fois l'impression d'apprendre quelque chose sur ses parents, ses grands-parents, ou sur les générations qui l'avaient précédée. Elle ne savait pas bien pourquoi, mais Wilo appréciait les personnes âgées et leur vouait un respect et une admiration qu'elle-même ne parvenait pas à saisir.

Quand Wilo était à Londres auprès de ses grands-parents maternels, elle ressentait la même proximité. Elle aimait leur parler, parce qu'ils lui enseignaient des choses qu'elle n'aurait pas sues sans cela. Et chaque fois qu'elle allait en vacances à New York, et ce quelle que fût la durée de son séjour, elle prévoyait toujours un après-midi pour se rendre à Central Park où habitait Freddie, la marraine de sa mère, qui avait plus de quatre-vingts ans. Wilo n'y manquait jamais. Elles ne se

Portraits de famille

voyaient pas souvent, mais un lien particulier les attachait l'une à l'autre. Wilo ne savait pas vraiment de quelle nature était ce lien, mais elle avait tant d'affection pour cette Freddie que même quelques heures passées en sa compagnie pouvaient changer tout son voyage et sa perception de certains aspects de l'existence. Wilo appréciait le savoir-faire et le savoir-vivre des personnes de cette génération parce qu'elle se disait qu'elles étaient là depuis bien plus longtemps qu'elle, et que, si elles avaient atteint l'âge qu'elles avaient, ce devait être parce qu'elles savaient ce qu'elles faisaient.

De taille, Wilo est toute petite. Elle adore manger mais son estomac est minuscule, alors, après quelques bouchées seulement, elle est obligée de s'arrêter et ne finit jamais son plat. Enfant, elle avait des goûts extrêmement particuliers, et n'aimait manger que du houmous et des pitas, des ravioles de Royans, du riz recouvert de cette curieuse sauce qu'on appelle Viandox, et parfois du jambon de Parme. Elle adorait dire qu'elle avait mal au ventre dès que le menu ne lui plaisait pas ; et comme c'était la petite dernière, sa mère lui passait tous ses caprices... Même si ce n'était pas très poli pour les autres personnes présentes à table.

Une famille

Wilo n'est pas aussi petite que sa grand-mère Marguerite ; mais lorsqu'on la rencontre, elle fait presque penser à une demi-personne. C'est assez paradoxal, parce que dès qu'elle commence à parler, il est difficile de ne pas lui prêter attention. Elle pose toujours des milliers de questions, sans jamais écouter ni même attendre une réponse. Telle une boîte à questions qui serait ouverte en permanence, et qu'on ne pourrait jamais refermer. Comme si elle souhaitait toujours en découvrir davantage, sans pour autant s'intéresser à ce qu'elle sait déjà.

Cette caractéristique reflète bien ce qu'elle est, une personne à la fois ouverte d'esprit et facile à vivre, mais très confuse et qui mélange tout.

Wilo est très brune. On ne sait pas d'où elle tenait cela. Les autres Du-Vrê sont clairs de peau. Michel est en partie asiatique, bien sûr, mais il a la peau blanche. Voilà pourquoi Wilo semble plutôt polynésienne, nord-africaine… ou même d'Amérique latine. Et pourquoi ils disent tous que c'est la fille du facteur.

Wilo se distingue de ses frère et sœur. Certains la trouvent peut-être moins attirante, mais elle a ses qualités. D'abord, ses yeux sont très foncés, et

Portraits de famille

son regard est vif. Elle n'attrape pas de coups de soleil, parce que sa peau est mate. Mais, malgré son teint, Wilo a des taches de rousseur qui ressortent davantage au soleil, et lui donnent une complexion originale, et assez avantageuse.

Wilo a besoin de lunettes. Et elle les porte. Elle aime bien cela, parce qu'elles lui donnent un air studieux. Elle les change régulièrement, et en fait collection. Elle en possède environ sept paires, mais ça n'est qu'un début. Wilo a de toutes petites mains, et la pointure de ses chaussures n'est pas bien grande non plus.

Elle est parfois très lente. Elle aime prendre son temps. Mais comme elle prend du plaisir à prendre son temps, elle est souvent en retard et pressée. Alors elle doit se dépêcher, et ne peut donc plus prendre son temps. Dans ces moments, Wilo semble rapide, affairée, et même désorganisée; trois choses qu'en réalité elle n'est pas.

Wilo a de drôles d'habitudes, qui peuvent apparaître comme des manies étranges. Elle ne s'en rend pas compte. Elle aime que les choses soient mises dans un ordre particulier, qui est le sien, et qu'elle choisit. Cela peut sembler singulier aux yeux des autres. Ils peuvent même être énervés ou la trouver

Une famille

sale et désordonnée. Mais personne ne lui dit rien. Elle a son ordre à elle qui n'est pas toujours logique et qui est loin d'être parfait, mais il l'est pour elle.

Elle ne se ronge pas les ongles, elle ne fume pas, elle ne boit pas, elle ne se drogue pas. De ce point de vue, Wilo n'a pas tellement de défauts. Toutefois, elle estime que si l'on n'a aucun de ces « défauts », visibles aux yeux des autres, c'est que l'on a sans doute des failles plus secrètes, plus sérieuses, voire même plus graves. En effet, souvent, les personnes les plus saines à première vue sont aussi les plus névrosées. C'est comme ceux qui n'ont pas d'eczéma. Sans doute ont-ils une forme d'eczéma intérieur.

La plupart du temps, Wilo aime être seule, mais n'apprécie pas nécessairement sa propre compagnie. Wilo n'est ni très amusante, ni fantasque. Mais, lorsqu'elle est seule, elle a l'impression de pouvoir faire des choses qu'elle ne pourrait pas faire en présence d'autrui. Lire, regarder des films, penser, être tranquille, se concentrer, étudier, apprendre une nouvelle langue ou un passe-temps… Ce genre de choses.

C'est que Wilo est souvent seule. Elle a trouvé comment faire passer le temps et s'occuper. Et elle en profite.

Portraits de famille

Il vaut mieux voir la vie du bon côté que du mauvais, se dit-elle. Si ses parents lui donnent toute cette liberté, et qu'elle a une grande chambre pour y faire ce qu'elle veut, autant qu'elle s'en serve. Cela s'applique aussi à l'école, si elle y va, autant retenir ce qu'on lui enseigne.

Wilo apprécie aussi la compagnie des autres, mais seulement des gens qu'elle aime bien. S'ils ne lui plaisent pas, elle a horreur d'être avec eux. D'ailleurs, c'est l'un de ses plus grands défauts. Elle est incapable de passer du temps avec des personnes qu'elle n'apprécie pas. C'est devenu un problème… Elle s'est donc forcée à les apprécier et lorsqu'on fait trop semblant d'aimer, on finit par aimer vraiment. Alors Wilo aime des personnes qu'elle ne devrait pas vraiment aimer. Tant mieux, ou tant pis. Cela dépend des gens.

Elle se fait des amis très facilement. Elle est à la fois bizarre et mystérieuse, mais elle a une personnalité assez forte ; en général, les gens l'adorent ou la détestent. Quoi qu'il en soit, elle ne laisse personne indifférent. Au contraire, les gens sont intrigués par elle ; et parfois, ils aimeraient en savoir plus.

Wilo trouve qu'une bonne ambiance est toujours préférable à une mauvaise atmosphère. Elle préfère

Une famille

se sentir bien là où elle est, il faut donc mettre ceux avec qui elle est à l'aise aussi. Pour cela, elle fait des efforts pour être gentille, ou fait des blagues pour que tout le monde puisse rire et se détendre. Parfois ses plaisanteries ne plaisent pas, et il lui faut faire face à ces gens qui ne l'aiment pas, qui ne la comprennent pas et ne voient en elle qu'une petite personne qui parle trop vite, qui raconte n'importe quoi, et qui se répète sans cesse.

Elle adore avoir des amis. Peu, mais de bons amis. Elle a toujours un meilleur ami garçon dans sa vie (Sven, René, Alderman, Richard, trois Sean différents…), et les gens s'imaginent souvent que la nature de cette amitié est ambiguë, même si elle ne l'est jamais.

C'est seulement qu'elle s'entend mieux avec les garçons qu'avec les filles. Même si parfois elle peut être chipie, elle trouve que beaucoup de filles sont des « pestes », surtout les Françaises, encore plus les Parisiennes. Cela ne lui plaît pas.

Wilo aime bien les Anglaises. Elle adore l'Angleterre. Les gens y sont drôles, et font de bonnes blagues. Ils adorent le sarcasme, savent rigoler d'eux-mêmes, s'amuser, et sont de bonne compagnie. C'est pourquoi elle aime être dans ce pays froid et pluvieux.

Portraits de famille

Plus tard, elle veut même y habiter ; elle vivra avec des personnes attachantes et différentes de celles auxquelles elle est habituée. Elle y aura des amis ; ensemble, ils pourront se faire des plaisanteries, s'amuser sous la pluie et regarder la vie avec cette touche d'ironie et de bon sens. Elle ira au pub avec eux, et pendant qu'ils boiront leurs pintes, elle mangera une pomme de terre au four avec du cheddar fondu et des *baked beans*[1] de la marque Heinz.

Wilo n'aime pas trop les animaux. Elle trouve qu'ils sont parfois mignons, mais cela s'arrête là. Ils peuvent sentir mauvais, mordre, et causent souvent plus de problèmes que de plaisir.

Wilo n'a pas de passe-temps. D'ailleurs, elle n'aime pas grand-chose. Il lui est difficile de véritablement s'intéresser à quoi que ce soit, mais elle persiste tout de même à penser que si elle fait semblant, ce sera plus facile. Parfois, lorsqu'elle se force à faire ses devoirs, ou à lire quelque chose, elle finit même par apprécier, ou par s'y intéresser. Tout comme elle le fait avec les êtres humains. Wilo aime à penser que la vie est une sorte d'exer-

---

1. Haricots blancs dans une sauce rouge que les Anglais affectionnent.

cice de gymnastique mentale et que si l'on fait un petit effort, être heureux devient un jeu.

Pénélope Coquelicot Du-Vrê
(sœur aînée de Wilo)

Le jour de ses 20 ans, Wilo a reçu de sa sœur aînée un chat rose dessiné par Andy Warhol en guise de carte d'anniversaire. Elle a ouvert cette carte, et elle l'a lue sous la table. Elle n'était pas longue. Lorsqu'elle a relevé la tête, rien n'avait changé : les gens semblaient continuer de s'amuser. Et Wilo a fait comme si de rien n'était ; mais en réalité, elle était émue.

Pénélope avait écrit, à l'intérieur de cette carte, qu'elle se souvenait clairement du jour, il y a vingt ans de cela, où Wilo avait « débarqué » dans sa vie : « Ce jour le plus heureux de ma vie. » Wilo n'avait pas bien compris pourquoi elle avait été touchée (elle n'en avait pas l'habitude), mais elle l'avait été.

Pénélope est souvent émue. C'est une fille sensible. Elle est pleine d'émotion, fragile, mais sûre de ce qu'elle veut, parfois fleur bleue aussi. Elle fait tout par amour et n'aime pas être seule lorsqu'elle

Portraits de famille

goûte aux petits plaisirs de la vie : elle ne sait pas se contenter d'une agréable promenade solitaire, pend rarement un café ou un repas seule ; et pourtant, elle n'a pas tellement d'amis. Elle est généreuse, et adore tout partager ; mais pas avec n'importe qui. Son amoureux lui suffit, et elle ne se préoccupe pas du reste.

Pénélope n'aime pas la solitude, et Wilo pense que c'est dommage car, sans ces moments que les gens prennent pour être avec eux-mêmes, les personnes de nature impatiente ou intolérante – comme Pénélope peut l'être – développent de mauvais tempéraments. Ils deviennent désagréables ou agressifs. Et lorsque Pénélope s'énerve, il n'est pas plaisant d'être avec elle. Par exemple, lorsqu'elle a sommeil, ou qu'elle considère que c'est bientôt l'heure (mais pas tout à fait) pour chacun de se séparer, elle devient quelqu'un d'autre. Son humeur est si changeante qu'elle fait peur ; d'un coup, un rien peut l'agacer, parfois même l'enrager, elle se met à serrer ses deux poings comme si elle cherchait à y écraser un poisson rouge, et elle quitte la pièce précipitamment comme si elle était folle à lier. On ne la reconnaît plus. Il est préférable de ne pas être dans son entourage pendant ces moments-là, et même de s'en trouver assez éloigné… Pénélope a

Une famille

ses habitudes, ses humeurs et ses horaires; et ceux qui les connaissent (et les acceptent) sont définitivement les plus chanceux !

Pénélope vit par amour, et pour l'amour : pour l'amour de son amoureux, l'amour de sa sœur, l'amour de son père. Pénélope aime bien avoir des certitudes. Son amoureux doit lui offrir des cadeaux, c'est normal c'est ce que fait un amoureux. Il doit lui faire des déclarations d'amour, pour qu'elle les ait entendues. Il doit l'emmener en vacances, pour qu'elle y soit allée. Sa famille doit l'aimer, comme une famille se doit de le faire; et lui en donner des preuves. C'est important pour elle, et pourquoi pas.

Pénélope a du mal à profiter pleinement des petits instants de la vie. Elle n'est pas toujours heureuse, mais malgré cela, elle en a presque toujours la capacité. Elle est joyeuse, vive, et loin d'être bête. Elle a longtemps joué le rôle de celle qui est mécontente d'elle-même et de ce qu'elle a. Peut-être qu'elle a manqué de confiance en elle, et on ne peut pas dire pourquoi; mais c'est l'une de ses failles.

Elle est belle. D'une beauté assez exceptionnelle, et elle a l'élégance de savoir combiner le chic

Portraits de famille

avec le pratique. Elle sait se mettre en valeur. Son sang est asiatique, mais ses yeux sont verts, et son teint est tout à fait occidental (aussi blanc que la porcelaine). Ses cheveux sont châtains, parfois presque blond vénitien. Ses sourcils sont à la fois très épais et complètement transparents. Elle n'est pas grosse, mais pulpeuse. Son corps est blanc comme du lait. Elle n'est pas trop grande, ses proportions sont parfaites.

Pénélope a tout de l'épouse parfaite. Elle sait faire la cuisine, et entretenir une carrière réussie. Toujours absorbée par son succès professionnel, elle rêve secrètement de fonder une famille et de s'occuper de l'homme qu'elle aime. Elle réussit dans tous les domaines, et il y a de quoi être fier.

Pénélope excelle dans ce qu'elle fait, sans en avoir conscience. Elle attire comme des aimants les garçons qui la rencontrent, mais ne leur donne en échange aucune considération. Elle se plaint sans arrêt et en même temps, reste très positive. Elle est d'un dynamisme épatant, mais n'aime pourtant pas faire grand-chose. Elle aime que les choses soient bien rangées, et prend soin de les ordonner comme elle les veut, à sa manière et pas autrement. Toutefois, si soudain cet ordre lui échappe, ou que quelque chose n'est pas à sa place, elle se

Une famille

fâche, plus rien n'a d'importance, et elle peut tout jeter n'importe où. Elle est faite de toutes sortes de paradoxes étranges mais simples et faciles à comprendre.

Cette simplicité est belle et touchante. Parfois, elle néglige certaines choses, et ne sait plus de quoi se préoccuper. Souvent, elle en oublie ses priorités, et se perd dans ce désordre qui est sa vie. Elle n'est pas pauvre, mais elle donne tellement que sa générosité dépasse certaines limites, et Pénélope semble prendre plaisir à s'endetter. Elle se met alors dans des situations dans lesquelles elle se lamente et oublie d'apprécier ce qu'elle a, ou ce que la vie lui offre.

Son caractère manque de discipline, et on sait pourquoi : Pénélope est trop concentrée. Elle est plongée dans un songe qui ressemble à un conte de fées. Après une désolante et inévitable séparation avec son grand amour – cet hurluberlu de Maurice – elle s'est entichée de Paul, un garçon sans folie mais très drôle. Il est riche, célèbre (dans son milieu professionnel) et assez beau garçon. Mais si Pénélope tient à lui, ce n'est pas tellement parce qu'elle l'aime ; mais c'est parce qu'elle aime aimer. Pénélope aime l'amour.

Portraits de famille

Pénélope s'est occupée de Wilo comme si c'était sa fille. Wilo la connaît mieux qu'elle ne se connaît elle-même. Et Pénélope peut lire les émotions de sa sœur aussi facilement que les pages d'un livre d'enfant. C'est elle qui a fait la plus grande partie de son éducation, et Wilo en est fière.

Quand les deux sœurs ne s'entendent pas, elles peuvent se détester encore plus fort qu'elles ne s'aiment. La générosité de Pénélope plaît à Wilo, elle est fascinée par sa grâce, sa présence d'esprit l'égaye, et son humour l'enchante. Pénélope n'est pas juste la sœur de Wilo, elle est pratiquement sa seule famille.

Homère Hippolyte Du-Vrê
(frère aîné de Pénélope et Wilo)

Pénélope était ravie d'avoir une petite sœur. Elle racontait fréquemment à Wilo que Homère avait été un MONSTRE avec elle pendant toute son enfance. Elle disait qu'il la torturait incessamment, et lui jouait des tours encore plus cruels que tout ce qu'elle pouvait s'imaginer.

Lorsque Pénélope avait 3 ans, il l'avait incitée à toucher l'allume-cigare de la voiture parce

Une famille

qu'il était « doux ». Évidemment, elle se brûla le doigt. Une autre fois, à peine âgée de 4 ans, il lui suggéra de faire une galipette sur la couchette supérieure de leurs lits superposés. Elle tomba, et finit à l'hôpital avec la clavicule cassée. Lorsqu'il dormait sur le lit du dessus, il soulevait son matelas pour lui cracher dessus à travers le sommier. Et si, par mégarde, Pénélope décidait de le dénoncer, il la traitait de menteuse. Parce qu'il était son préféré, Beaule lui donnait raison à chaque fois… C'était injuste, et c'est certainement à cause de tout cela qu'il eut des difficultés par la suite.

Au cours de ses années douteuses, Homère eut un problème, suite à une fête à laquelle il avait assisté, ou à un chagrin d'amour. Sans que l'on sache pourquoi, il était devenu un peu fou pendant quelques jours. C'était un lourd secret dans la famille, et Wilo, de dix ans sa cadette, n'en fut jamais vraiment informée. Suite à cet incident, Wilo n'eut de cesse de percevoir son grand frère comme un ange, une forme de figure autoritaire irréprochable, un véritable exemple pour elle.

Homère est le membre de la famille le plus généreux et le plus gentil. Même s'il a des comportements inexplicables, et peut parfois paraître insen-

Portraits de famille

sible ou égoïste, il ne cherche que le bien d'autrui. Il est d'une douceur incroyable. Il est humain, bienveillant, et toujours prêt à aider, même s'il prend plaisir à s'en plaindre de temps en temps.

Pendant longtemps, Homère était considéré comme le favori de Beaule, parce que c'était le seul garçon, et que Beaule apprécie par-dessus tout les garçons. Homère s'est toujours assez bien conduit. Du moins, il sait se comporter de manière à ce que l'on ne puisse rien lui reprocher. Et on ne lui reproche rien ; non pas qu'il fasse en sorte que ce soit le cas, mais parce qu'il n'y a jamais grand-chose à lui imputer. Il n'a aucune pensée négative, il est de très bon conseil et sait voir le bien et la simplicité des choses. Wilo (et elle n'est pas la seule) se tourne souvent vers Homère lorsque les choses vont mal pour elle, ou lorsqu'elle est triste pour des raisons idiotes. Pour cela, il est son préféré. Il sait consoler, sans se mêler ou juger. Il est doux et aime donner, mais il sait aussi être drôle et faire rire grâce à son cynisme, son sarcasme et ses manières anglo-saxonnes.

Il s'habille de façon rigolote – et même spéciale – mais toutefois correcte et avec une certaine désinvolture. Homère est un peu gros ; du moins

Une famille

il le pense, et il est vrai qu'il grossit chaque année, sans doute à cause de son mode de vie casanier, et parce qu'il sait si bien faire la cuisine. Il aurait dû être chef, c'était secrètement sa vocation, mais il est paresseux et n'aime pas les horaires des cuisiniers qu'il trouve trop fatigants.

En tant que frère aîné, Homère a appris à ses petites sœurs à voler dans les magasins, et leur a fait comprendre que pour beaucoup de gens la drogue n'est pas un tabou mais une mauvaise habitude qu'on décide de prendre ou de laisser. Cinéma, littérature et art, Homère a bon goût.

Pendant longtemps, Homère n'a pas fait grand-chose de sa vie, parce que c'est un jeune homme qui agit seulement dans l'urgence, et sans doute aussi à cause de ce secret de famille dont personne n'ose parler. Après avoir passé les dernières années de sa scolarité dans une pension anglaise très libérale et extrêmement chère (où il avait été envoyé à cause de quelques-unes de ses bêtises), il a fumé beaucoup de joints, bu de l'acide et pris des ecstasy. Il est allé partout en Inde, surtout à Goa, et a fait semblant de faire de la musique électronique ou techno-trance. Il a ainsi vécu chez plusieurs de ses amis riches, certainement parce que ses parents

Portraits de famille

n'étaient pas contents de lui et qu'il préférait se faire oublier.

Petits, Pénélope et Homère ont fait les quatre cents coups ensemble. Ils faisaient des milliers de bêtises, et semblaient s'amuser. Qui sait s'ils le faisaient pour honorer la tradition, mais chaque été, ils en faisaient une très grosse et tout le monde s'en souvenait longtemps. La première fois, ils avaient cassé les stores du balcon de l'appartement de leurs grands-parents à Nice. L'été suivant, Pénélope a essayé de traverser l'une des vitres du balcon, dont on ne pouvait jamais savoir si elles étaient ouvertes ou fermées ; la vitre s'était intégralement brisée et Pénélope avait eu une gigantesque bosse en forme d'œuf sur le front. Une autre fois, ils ont jeté un ballon d'eau de ce même balcon, qui a cassé le pare-brise d'une voiture. Ils avaient dû le repayer, et avaient été privés d'argent de poche pendant des mois.

Un autre été, ils ont sauvé un moineau de la noyade à la piscine du Relais Sant'Uffizio, un couvent transformé en hôtel où ils passaient des vacances dans le Piémont. Ils l'avaient baptisé Samy parce qu'ils l'avaient trouvé le jour de la naissance de leur arrière-grand-père dont c'était le surnom.

Une famille

Ils l'avaient ramené jusqu'à Nice. Il avait survécu quelque temps sur leur balcon, avant de mourir... Ils l'enterrèrent dans le jardin, et se servirent d'une petite ombrelle en papier en guise de pierre tombale.

Une autre fois encore, ils sont partis explorer le jardin d'une maison voisine qui avait brûlé. Au fond de ce jardin, Pénélope avait trouvé une cage, et à l'intérieur de cette cage, un lapin entièrement brûlé. Cela l'avait traumatisée, et elle avait regretté d'être partie à l'aventure...

À Londres, dans le jardin de leurs grands-parents, il y avait un bassin, et Homère adorait y capturer des grenouilles avec lesquelles il jouait au badminton. Une fois mortes, il les accrochait aux piques de la grille du jardin en guise de décoration. C'était dégoûtant.

Un jour, leur blague avait eu de lourdes conséquences. Homère et Pénélope s'étaient précipités en courant vers leur grand-père Harald en lui disant que quelqu'un les pourchassait dans la rue avec un couteau. Harald avait appelé la police. Très vite, ils avaient avoué leur mensonge. Cependant, cela n'avait pas du tout fait rire Harald, et c'est ce jour-là qu'il avait raconté à Pénélope l'histoire du garçon qui criait au loup.

Portraits de famille

Mais, la fois où Pénélope et Homère avaient le plus ri était certainement le soir où ils avaient bu trop de sangria à Grenade. Pénélope et Homère avaient une dizaine d'années, et Beaule et Michel leur avaient commandé un pichet pour qu'ils goûtent. Ils avaient trouvé la sangria délicieuse, et avaient fini tout le broc, jusqu'à être ivres morts. Leurs parents s'étaient fâchés très fort, mais je suis certaine que secrètement, ce furent eux qui en rirent le plus.

Beaule (de son vrai prénom Adrian) Karen Feldman (mère de Wilo, Pénélope et Homère)

Chaque année, Beaule partait passer la majeure partie de l'été dans l'appartement de ses beaux-parents à Nice. C'était un petit appartement avec une chambre à coucher, une bibliothèque qui tenait lieu de chambre pour les enfants, une salle à manger et un salon. Il se trouvait dans une de ces résidences de « luxe » des années 60 située sur une colline qui dominait la ville. Beaule prenait le train couchette avec ses enfants et une nourrice. Une fois arrivée, elle louait une voiture qui servirait à les conduire à Juan-les-Pins ou au cap

Une famille

d'Antibes où l'on trouvait des plages de sable, à l'inverse de celles de Nice, recouvertes de gros galets.

Beaule garait toujours ces voitures dans une sorte d'hôtel/résidence derrière leur plage préférée du cap d'Antibes. Le parking n'y était ni payant ni interdit. Il y avait un emplacement particulier où elle aimait se garer, mais que, malheureusement, le propriétaire de cette résidence avait décrété être SA place. Un jour, il laissa un mot sur leur voiture pour se plaindre. Comme Beaule continuait à se garer là, il attacha toute une ribambelle de vieilles canettes à la voiture quelques jours plus tard. La fois suivante, alors qu'ils partaient, il leur jeta un énorme seau d'eau dessus. Même si Pénélope était toute petite, elle était assise à l'avant, et elle se retrouva complètement trempée. Lorsque Michel était arrivé, à la fin des vacances, il était allé dans le « bureau » de ce monsieur avec Pénélope pour lui demander de se calmer. L'homme avait alors sorti un revolver, et avait menacé de leur tirer dessus ! Michel et Pénélope étaient sortis de là en courant, terrifiés, mais ils étaient quand même allés se plaindre à la police.

C'est drôle parce que cette anecdote ne reflète pas du tout le comportement habituel de Michel.

Portraits de famille

Il avait essayé de jouer le *pater familias* mais, en réalité, Michel était une vraie mauviette ! Il faisait toujours le malin ; un jour, alors que Beaule conduisait, il avait fait un bras d'honneur à quelqu'un dans la voiture devant eux pour s'amuser. Son conducteur, une sorte de sosie de Roger Hanin, avait été si furieux, qu'il était sorti de son véhicule et avait voulu tabasser Michel. Les enfants avaient eu très peur, mais finalement l'homme avait renoncé. Une autre fois, Wilo avait volé du vernis à ongles au Monoprix et s'était fait attraper ; les vigiles avaient appelé chez elle pour parler à Michel qui, très embarrassé, avait pris un accent tamoul pour dire que son patron n'était pas là, avant de passer le téléphone à Pénélope…

De temps en temps, Beaule aimait faire croire que c'était elle justement « l'homme de la maison ». Elle s'occupait de certaines choses, et pouvait ainsi agir comme si elle était très responsable, et que tout arrivait grâce à elle. Ce qui n'était pas tout à fait vrai si l'on considère le nombre de nourrices que les enfants connurent.

On ne comprenait pas bien pourquoi elle avait besoin de ces nourrices (surtout en vacances), mais on supposait que c'était pour pouvoir sortir le soir et faire ce qu'elle voulait jusqu'à ce que Michel

Une famille

les rejoigne à la fin du séjour. Il y en avait eu tellement : Vania qui s'était cachée dans le parking pendant deux jours parce qu'elle était rentrée tard un soir et qu'elle avait peur de se faire gronder, les cousines de Beaule, Juliette et Annie, qui s'étaient sans doute senties forcées de venir, mais avec qui les enfants s'étaient tant amusés...

Parmi elles, vint Yanns, une Indienne improbable qu'une amie de Beaule avait recommandée. Elle aimait le yoga, et son corps en témoignait. Elle était un peu énervante, mais elle n'était pas là pour plaire. Toutes les nourrices avaient droit à une soirée de repos par semaine, durant laquelle elles pouvaient sortir. Un de ces soirs, Beaule s'était permis de fouiller dans les affaires de Yanns et avait trouvé une lettre destinée à une de ses amies, dans laquelle elle lui disait détester les Du-Vrê, particulièrement la mère qu'elle trouvait horrible. Le lendemain, Yanns fut renvoyée.

Cet exemple illustre parfaitement le type de personne qu'est Beaule : une femme qui se mêle de tout, surtout de la vie privée des autres. Après tout, cette pauvre Yanns avait bien le droit de détester Beaule, puisque celle-ci la traitait comme elle l'estimait, c'est-à-dire sans grand respect. Il fallait vrai-

Portraits de famille

ment vivre avec Beaule pour comprendre qui elle était, et Yanns semblait l'avoir compris.

Beaule a un petit côté schizophrène ; elle peut être très douce avec certains, comme elle peut être odieuse avec d'autres. Elle est impolie avec les personnes dont elle respecte peu le travail : les femmes de ménage, les vendeuses, les serveurs au restaurant, les nourrices... des individus qu'elle considère, sans véritable raison, comme « inférieurs ». Parfois, elle manque aussi de respect à ses parents, mais c'est surtout parce qu'elle fut très gâtée qu'elle continue de les traiter comme cela. Elle estime qu'ils n'ont pas besoin de son respect, puisque ce sont ses parents ; et qu'ils sont là pour l'aimer et lui accorder tout ce qu'elle veut sans qu'elle ait à faire le moindre effort.

D'ailleurs, Beaule n'a aucune véritable notion de ce qu'est le respect. Elle pense qu'il lui est nécessairement dû, et ne se pose jamais la question de savoir si elle-même ne devrait pas en témoigner aux autres.

Beaule est une opportuniste. Elle obtient toujours ce qu'elle veut en charmant les gens, et en flirtant avec eux. Elle veut séduire constamment, sans jamais même s'en rendre compte. Elle a, par

Une famille

conséquent, des attitudes agaçantes, comme son accent anglais qu'elle conserve lorsqu'elle parle français, alors que cela fait trente ans qu'elle vit à Paris. Elle trouve qu'il lui donne un petit charme à la Jane Birkin, et ne comprend pas pourquoi elle devrait s'en débarrasser. D'autres gestes trahissent son incapacité à ne pas minauder ; par exemple, elle mordille sa langue de manière assez grotesque sur le côté lorsqu'elle réfléchit ou qu'on lui parle. Elle suce encore son pouce, comme sa mère, ce qui est assez étrange.

C'est sans doute parce qu'elle désire toujours se faire aimer de tous qu'elle agit de façon si enfantine. Afin que ce vœu soit exaucé, elle prétend être brillante, et se dit « parfaite » dans tous les domaines. Elle pense accomplir des choses dont personne d'autre n'est capable ; elle participe à un nombre infini d'activités et fait partie de diverses associations, uniquement pour pouvoir s'en vanter. Dès qu'elle reçoit un compliment plus poli que sincère – « Ton rôti est délicieux, merci de m'avoir invité à dîner » ou encore « Ta jupe est très belle, elle te va si bien ! » – elle le prend tout de suite pour acquis, et le considère comme une vérité absolue.

En revanche, si on ne lui fait pas de compliments, elle se vexe immédiatement, et dramatise

Portraits de famille

tout. Elle adore pleurer, se faire plaindre, et adule la célébrité. Elle déballe sa vie privée en permanence, et à qui veut l'entendre.

Son côté enfantin a parfois des avantages. Elle a un certain sens de l'humour, un esprit assez « jeune » et plaisant, elle est aventurière, elle peut être de bonne humeur, et elle comprend certaines choses que d'autres parents ne pourraient même pas envisager d'écouter. Cela a aussi un effet négatif, puisqu'elle aime se prendre pour l'un de ses propres enfants ; et cela ne leur plaît pas. Loin de là. Elle transforme leurs problèmes et leur vie privée en potin ou en petite histoire pour faire rire ses amies. Son égoïsme et sa désinvolture déstabilisent ses enfants autant qu'ils choquent les plus vieux qui savent que ce n'est pas une attitude très « normale » pour un parent. Enfin, elle a fondamentalement peur de vieillir, et la mort est un sujet qu'il ne faut jamais même aborder en sa présence.

Beaule est très elliptique, et ses façons de faire le sont davantage. Qui voudrait-elle être ? Comment souhaiterait-elle être perçue ? Pourquoi agit-elle de la sorte ? Qu'y a-t-il au fond d'elle ? Est-ce une bonne, ou une mauvaise personne ? Est-elle une manipulatrice, ou une folle ? Est-elle inconsciente,

Une famille

insouciante ? Beaule le sait-elle elle-même ? Personne ne peut le dire.

Beaule a eu une enfance assez facile à première vue, mais ses rapports familiaux sont complexes. Elle a grandi dans une famille bourgeoise juive du nord-ouest de Londres. À mesure que les années passaient, les membres de cette famille se sont progressivement rapprochés du centre de la ville pour habiter des quartiers de plus en plus « chic », suivant ainsi le schéma typique de cette diaspora très conformiste. Aujourd'hui, ils vivent dans un confort sans charme, et semblent ne jamais s'être privés de quoi que ce soit, sauf peut-être par avarice.

Personne ne sait si l'enfance de Beaule fut heureuse, tout comme personne ne sait si la folie des mères juives est héréditaire ou pas. Sa mère ne s'occupait jamais d'elle, puisqu'elle avait toujours une « nanny » qui était douce et tendre. Beaule aurait donc peut-être vécu la même chose, ou quelque chose de similaire, que ce qu'elle a infligé à ses trois enfants. Sa mère était froide, et leur relation n'a jamais été transparente, mais au contraire pleine de mystères (et sans doute de problèmes et de non-dits) que personne n'a jamais vraiment su élucider.

Portraits de famille

Elle était gâtée, c'est certain. Cela explique pourquoi elle n'a jamais su faire le ménage, ou s'occuper de sa maison. Mais peut-être aussi a-t-elle été malheureuse, et laissée à l'abandon. Elle n'en parle pas beaucoup, et les principaux souvenirs qui lui reviennent sont souvent associés à sa nurse qui était toujours là pour elle.

Elle a un frère, Anthony. Quelqu'un d'aimable, *a priori*. « Un brave garçon », comme on dit. Mais elle s'en est vite détachée, sans doute était-il trop vulgaire pour sa « nouvelle vie ». Beaule a vécu dans l'air du temps, dans les années 70. À 20 ans à peine, elle partait déjà en vadrouille (en Californie, en Inde, au Népal, dans des kibboutzim…) pour visiter des endroits hippies que tous allaient voir à cette époque-là, s'ils en avaient les moyens.

Elle a eu plusieurs amants – certains la soupçonnent d'avoir été une vraie allumeuse. Elle en a même présenté quelques-uns à ses enfants pendant leurs voyages, ou à Paris s'ils venaient en visite. Puis elle a rencontré Michel, et ils ont eu Homère, Pénélope, et enfin Wilo.

Lorsque Wilo était petite, jusqu'à l'âge de 12 ou 13 ans environ, elle ADORAIT Beaule. Elle voulait TOUT faire avec elle, et ne JAMAIS s'en

Une famille

séparer. Et c'était réciproque. Beaule était une mère extraordinaire, elle faisait tout pour Wilo, et s'occupait à merveille de sa petite fille chérie. Wilo aimait tellement Beaule qu'elle voulait l'épouser.

On ne peut pas dire que Pénélope ait eu exactement les mêmes rapports avec Beaule. En premier lieu, elles n'avaient pas cette relation mère-fille très fusionnelle qu'avaient Wilo et Beaule. Pénélope commettait beaucoup de bêtises avec son grand frère Homère; et, non seulement ils étaient souvent punis, mais en plus Pénélope avait droit à un traitement assez particulier. Beaule adorait citer en exemple les enfants de ses amis, toujours pour critiquer les siens. Elle demandait pourquoi sa fille n'était pas aussi forte en classe qu'untel ou untel, pourquoi leurs notes étaient meilleures, ou pourquoi ils étaient plus doués pour telle ou telle chose que la pauvre Pénélope... De temps en temps, elle comparait le poids de leurs corps aussi, ce qui était très gênant et maladroit. Peut-être est-ce pour cela que Pénélope est vite devenue aussi sensible, et on le comprend.

Plus tard, leur relation s'est encore compliquée. Très tôt, les trois enfants se sont posé des questions. La vie de Beaule était pleine de mystères, des

Portraits de famille

mystères qu'ils ne comprenaient pas. Alors, ils ont commencé à juger Beaule.

Puis Wilo a vu Beaule et Pénélope se disputer très fort et très souvent. Cela n'a jamais vraiment cessé. Et quand Wilo est entrée dans l'adolescence à son tour, sans vouloir imiter Pénélope, elle a naturellement pris le relais. Il s'agissait du schéma familial classique chez les Du-Vrê. Chacun l'adoptait à tour de rôle. C'était comme cela, et pas autrement.

Dans un sens, selon Michel, et pas seulement selon lui, Beaule n'a pas supporté de voir ses petites filles devenir des femmes, des rivales potentielles. Encore moins des adolescentes, parce que les adolescentes sont casse-pieds, et elles le sont davantage avec leurs mères qu'avec n'importe qui. C'est un fait.

La croissance de Pénélope et Wilo ne justifie pourtant pas certains des comportements de Beaule. Parfois, il est même impossible de comprendre ses actes. Elle veut sans arrêt être le centre de l'attention. Elle est piégée dans son enfance, coincée dans son adolescence, et reste encore aujourd'hui une petite fille pourrie gâtée. C'est quelque chose que ses enfants n'ont JAMAIS pu comprendre, accepter et encore moins apprécier. Elle est difficile à

Une famille

vivre, et ses caprices ont souvent rempli leur vie d'injustices et de problèmes.

Les deux filles se sont mal entendues avec Beaule, et elles en sont venues, individuellement, puis plus tard ensemble, à la détester. Beaule a fait des choses tellement répugnantes, troublantes et dévastatrices que ses filles ne pouvaient plus aimer leur propre mère. Wilo s'est mise à vouloir la tuer, à penser que la voir morte lui ferait beaucoup plus de bien que de mal, et à croire de tout son cœur qu'elle haïssait Beaule plus qu'elle ne pouvait haïr qui que ce soit. Heureusement, ces sentiments d'une extrême violence étaient passagers. Ils venaient par vagues, puis s'en allaient.

Jeune, Beaule devait être assez belle. Elle répète sans arrêt qu'elle était grosse, mais tout le monde soupçonne que c'est parce qu'elle est obsédée par son poids (et celui des autres). Et si elle n'était pas particulièrement belle, elle devait avoir beaucoup de charme, ou être séduisante. Peut-être même était-elle drôle, affectueuse ou sympathique. On ne sait pas, et personne ne peut le deviner. Les sentiments que nourrissent à l'égard de cette femme ses propres enfants sont si complexes qu'il est difficile de se rendre compte précisément de la nature

Portraits de famille

de leurs relations, et de l'exacte personne qu'était Beaule.

Les indices manquent. Personne ne sait si Michel est tombé amoureux d'elle, ou si c'est par obligation qu'il l'a épousée (elle était déjà enceinte de Homère au moment de leur mariage). Même s'ils ne se supportaient plus vers la fin, et se détestaient profondément, ils sont restés ensemble pendant presque trente ans ! Ils devaient donc avoir des choses en commun, être liés par une forme de solidarité l'un envers l'autre malgré tout. Il est évident, néanmoins, qu'ils partageaient une certaine fantaisie, une façon d'envisager la vie comme une bonne plaisanterie – ce qui n'est peut-être pas si bête après tout – qu'ils ont transmise à leurs trois enfants.

Michel Du-Vrê
(père de Wilo, Pénélope, Homère et Cyrus)

Marguerite avait rencontré son mari Victor (que personne n'appelait ainsi) grâce à Marcelle Henri, une femme formidable. C'était une journaliste remarquable qui avait vécu aux États-Unis, et avait vu toutes sortes de choses et de pays. Elle

Une famille

avait gagné un tour du monde dans les années 30, une époque où il était rare de voyager autant, et de faire un tour complet du globe. Celui-ci s'effectuait en bateau, et prenait bien plus longtemps que ne prend ce genre de périple de nos jours.

À l'occasion de ce fameux tour du monde, elle s'était arrêtée en « Indochine ». Lors de son séjour au Viêt Nam, au lieu de passer du temps avec la communauté française implantée là-bas, elle avait décidé de se mêler à la population indochinoise pour s'imprégner des traditions locales et de la culture « véritable ». Elle y avait ainsi rencontré Victor et ses amis artistes. Ils s'étaient bien entendus, et avaient décidé de se revoir.

À son retour, toute la rédaction de *Life* (où Marguerite était journaliste) lui avait organisé une petite fête qui rassemblait amis, collègues et amis d'amis. Marguerite avait hésité à s'y rendre parce qu'elle n'était pas très sociable et qu'en plus elle n'avait jamais rencontré cette incroyable Marcelle Henri dont tout le monde parlait. Sa meilleure amie Jacqueline avait pourtant réussi à la convaincre. Elle y était allée, et non seulement elle s'était beaucoup amusée, mais elle y avait aussi rencontré son futur mari, Victor.

Portraits de famille

Marcelle Henri et Marguerite s'étaient bien entendues. Plus tard, elles étaient devenues très amies. Lorsque Marcelle Henri avait voulu rencontrer les petits Du-Vrê, elle était venue leur rendre visite rue de Vaugirard et elle avait tendu sa main à Michel pour qu'il la lui baise. Il l'avait prise, et avait craché dessus. Heureusement, elle avait un sens de l'humour aussi développé que le sien, et elle avait beaucoup ri.

Michel est parfois difficile à comprendre. Mais lorsqu'on apprend à le connaître, il est impossible de ne pas l'apprécier tant il est drôle, charmant et d'une intelligence si malicieuse qu'elle en devient difficile à cerner. On ne sait jamais vraiment s'il est sérieux, mais il reste toujours imperturbable. Son sens de l'humour est sans limite ; et ce qui prime chez lui, c'est son bon goût, aussi bien pour les arts que pour les pensées.

Asiatique et plutôt réservé, il n'est pas très chaleureux et profondément introverti ; mais il a un cœur en or, et il est certain qu'il se sacrifierait pour sa famille ou ses proches, avant toute chose. Il est d'une générosité qui ne se mesure pas ; et si l'on souhaitait l'évaluer, il suffirait d'observer un ins-

Une famille

tant sa vie pour constater que celle-ci a entièrement été dédiée à assurer le bien-être, le confort et le bonheur de tous les membres de sa famille. Son esprit et sa compagnie – bien que parfois presque inconfortables dans certains contextes, du fait de son impassibilité – sont à la fois divertissants et agréables.

À l'école, le jeune Michel n'avait pas beaucoup d'amis, avait raconté Marguerite à ses petits-enfants. Il était différent des autres élèves. Il dessinait sans arrêt, lisait des ouvrages pour adultes et collectionnait des objets qui intéressaient à peine les antiquaires les plus érudits de son époque. Son maître lui avait demandé (à lui et à ses autres élèves de 12 ans) d'imaginer et d'écrire une composition sur un animal domestique avec lequel il serait possible de communiquer. Michel n'aimait pas les animaux, mais il avait écrit un récit dans lequel il conversait avec le seul animal qu'il connaissait, la petite Laïka, une chienne qui appartenait à ses voisins à la campagne, et qui portait le même nom que celle que les Russes avaient envoyée sur la Lune.

Le maître avait été assez impressionné. Marguerite aussi ; elle a conservé le texte (qui lui avait valu

Portraits de famille

un 18/20) chez elle dans une boîte à souvenirs remplie de toutes sortes de dessins et d'inventions que Michel avait imaginées alors qu'il était encore très jeune, voire tout petit. À l'âge d'environ 8 ans, il avait fabriqué un portefeuille entier en carton marron, qu'il avait rempli de faux papiers : la « Carte de Français Moyen » d'André-Fernand Lacoste, un employé de banque « moyen », son « Permis de Conduire Moyen » de la « République Française Moyenne », une « Carte de Réduction Moyenne », des tickets de métro eux aussi à « Tarif Réduit Moyen », sa carte de visite au nom d'« André Lacoste, employé », une autre pour « Jacques Béranger, toréador agrégé », des fausses photos d'identité hilarantes de cet André et de sa femme, elle aussi « moyenne », et des billets de banque de la « République Française Moyenne »... Dans cette même boîte, Marguerite avait conservé une lettre sur laquelle était inscrit, dans un minuscule rectangle :

> MICHEL DU-VRÊ EST HEUREUX DE VOUS FAIRE PART DE L'ACHAT DE DEUX DE SES COUVERTURES PAR LE *NEW YORKER MAGAZINE*, INC. UNE LETTRE SUIVRA.

Une famille

Il était encore adolescent lorsque ses dessins furent publiés, et ses parents avaient été très fiers de lui. Enfant, il avait transformé la chambre à coucher qu'il partageait avec son frère en faux musée, et avait confectionné des faux billets d'entrée qu'il fallait acheter pour bénéficier de la visite guidée qu'il offrait.

Michel est un personnage très complexe. Il est difficile de l'expliquer. Il aime garder sa vie privée, et adore le mystère. Peut-être était-ce cela qui l'avait d'abord attiré chez Beaule. Il parle peu, et s'exprime seulement pour dire des choses drôles, ou des choses qui entretiennent son secret et plongent son interlocuteur dans une plus grande confusion. Il ne le fait pas exprès, mais il est intelligent ; et quelque part, il doit bien savoir ce qu'il fait. Cela doit l'amuser, et on comprend pourquoi.

Sa complexité est aussi bien physique que psychologique : il a l'allure d'un Asiatique – mais ne l'est qu'à moitié – et sa langue, son éducation et sa culture sont françaises. Il n'a même jamais mis les pieds au Viêt Nam. C'est un homme poli, chic, petit et d'une douceur presque incongrue.

Il dessine extrêmement bien, il en a d'ailleurs fait sa profession ; et il est parvenu, avec ce métier,

Portraits de famille

à nourrir trois enfants et une femme (puis plus tard, un enfant et une femme supplémentaires). En faisant bon usage de son talent, puis des dessins réalisés grâce à lui, il leur a apporté une vie plaisante et confortable. Et grâce à ce don, devenu une profession, et qui sait peut-être aussi pour lui une passion, Michel a su prendre goût à la vie. C'est ainsi qu'il survit : en appréciant les petits plaisirs qu'elle lui apporte.

Les dessins de Michel, sont également assez intrigants. Ceux qu'il réalise pour son plaisir (dans sa vie personnelle, parfois sur des nappes en papier au restaurant) sont caricaturaux, hilarants et peuvent être grotesques ou choquants. Il dessine souvent le visage de Wilo sur un gros tonneau, avec un bavoir rempli de cochonneries, ou en gros boudin hideux, avec deux nattes et de grosses lunettes ; il se plaît à représenter Homère ou Pénélope en créature absurde et bizarre ou en animal terrifiant. Il adore aussi dessiner les personnes qu'il n'aime pas, ou qu'il trouve laides, en sorcière, en monstre, ou même pire. Tandis que les dessins qu'il réalise pour son métier sont plus nostalgiques, sobres et, peut-être volontairement, plus sérieux. Tout naturellement, il y met plus d'effort et moins de fantaisie. Il y ajoute aussi un nombre

Une famille

infini de très fines hachures et d'ombres placées à la perfection.

Parce que sa profession l'oblige à s'intéresser à la beauté des choses, il a développé un goût certain, qui est devenu un élément important de sa vie. Ainsi, cette préoccupation pour l'esthétique et l'attention qu'il y porte, ne relèvent plus seulement de son métier, mais constituent aujourd'hui la majeure partie de son quotidien.

Michel collectionne beaucoup d'objets anciens depuis son plus jeune âge – avec ses premières économies, il s'est offert une petite boîte en laque japonaise et, peu après, a acquis une armure complète de samouraï. Cette passion ne l'a jamais quitté : il continue à acheter des statues grecques, des bijoux romains, des meubles insolites, des livres anciens, des taxidermies en tous genres, des chaussures surréalistes en forme de pied, et bien d'autres objets mystérieux… Le plus curieux de ces objets est une boîte vitrée – une curiosité scientifique du début du XIXe siècle – contenant des formes indéterminées recouvertes de cristaux de soufre qui ressemblent à du vison fluorescent. S'il y a bien quelque chose de plus complexe que la personnalité de Michel, de plus curieux que

Portraits de famille

son allure, ou de plus formidable que le père qu'il est, ce sont sans doute ses objets qu'il chérit avec tendresse et qu'il ordonne avec amour et dérision. Il serait difficile de trouver une métaphore pour parvenir à définir le véritable caractère de Michel. Cette image serait proche, c'est sûr, de l'un de ses objets excentriques.

May Darell Erlan et Harald Dumphrey Feldman (parents de Beaule)

Lors d'un dîner pendant des vacances de famille en Sardaigne, May avait raconté à Pénélope et Wilo comment elle et Harald s'étaient rencontrés. Ni l'une ni l'autre ne se souvient bien de l'histoire, mais il y avait eu des confusions entre Harald, un de ses amis, sa sœur, et May... Chacun avait d'abord tenté de sortir avec l'un au lieu de l'autre, ou de se fiancer... Puis ils avaient tous changé d'avis et décidé d'essayer un autre partenaire. Enfin quelque chose comme cela, d'aussi compliqué du moins.

Elle leur avait raconté comment ils s'étaient fiancés. Harald s'en était mêlé, et avait rajouté qu'il l'avait coincée dans une cabine téléphonique dont il avait bloqué l'entrée. Il avait refusé de la laisser

Une famille

sortir jusqu'à ce qu'elle accepte de l'épouser. Une fois qu'elle avait dit oui, ils avaient utilisé le téléphone de cette cabine pour appeler leurs parents respectifs et leur annoncer la nouvelle. Ils paraissaient émus, et Harald semblait même avoir versé une petite larme avant de l'essuyer à l'aide de son mouchoir.

May avait aussi confié ce soir-là à ses deux petites-filles une anecdote assez curieuse : elle avait nommé ses deux enfants Anthony et Adrian (Beaule n'était pas son vrai prénom, mais un petit nom que lui avait donné un de ses amants et qu'elle avait décidé de garder) d'après deux de ses « ex ». De nos jours, cela n'a rien de surprenant, mais Harald et Beaule savaient à peine qu'elle avait connu d'autres garçons et en avaient été surpris. Elle qui était si réservée, pure et puritaine.

May a vieilli physiquement, mais elle est devenue bien plus aimable avec le temps. Beaule a toujours laissé entendre à ses enfants à quel point sa mère lui en avait fait voir de toutes les couleurs. Elle leur expliquait souvent que c'était pour cela qu'elle préférait être plus indulgente et qu'elle était devenue la mère qu'elle était. C'était difficile à comprendre pour eux, May étant une per-

Portraits de famille

sonne plutôt agréable, sans grande personnalité, certainement peu dominatrice.

Elle fait parfois des petites crises d'hystérie, et peut pleurer pour un rien. Mais ces crises sont passagères, et il est impératif que tout se remette immédiatement en ordre, de manière à ce que personne ne remarque rien. Une anomalie dans son comportement ou ses émotions ne doit jamais être rendue publique.

May a ses façons de faire, et elles ne sont pas ordinaires. Elle est assez conventionnelle, mais elle a de drôles de manies, qui font partie de son monde secret, et dont elle ne met personne au courant.

L'appartement des Feldman – acheté après avoir vendu leur luxueuse maison située tout près du studio des Beatles sur Abbey Road – est très spacieux. Il se trouve au rez-de-chaussée d'une sorte de résidence d'Avenue Road (la rue la plus chère de Londres, en dépit de sa tristesse), et donne sur son parking. C'est bien dommage, alors que la résidence bénéficie d'une porte privée qui mène au charmant parc de Primrose Hill; avec un peu de chance, ils auraient pu avoir une vue panoramique sur ce jardin.

Une famille

Cachée quelque part dans cet appartement – au style « nord-ouest londonien ashkénaze » assez typique et digne d'un catalogue de décoration moyen de gamme – May a une pièce entière qu'elle garde fermée, et qui ne doit être montrée à personne. Absolument personne. Elle y conserve des prospectus, et des babioles qui n'ont aucun usage. C'est la salle à manger de leur appartement, mais on n'y a jamais partagé un seul repas, car elle est intégralement remplie de ces papiers (certains datent du début des années 40). Elle les a amassés d'année en année, sans jamais les lire ni les feuilleter. La pièce accueille ainsi des publicités pour des parcs d'attractions ou de safaris en dehors de Londres, une invitation à la Victorian Tableware Exhibition de 1994 à Egham, une autre pour l'ouverture d'un nouveau magasin de lunettes sur Saint John's Wood High Street, le plan de la bibliothèque de Swiss Cottage, ainsi que ses horaires, des présentations d'associations caritatives qui aident les jeunes juifs – comme ORT *(Obshestvo Remeslenofo zemledelcheskofo Truda)* dont elle est membre, Friends of Lubavitch Scotland ou Chizuk – des vieux numéros du *Jewish Chronicle*, des publicités Thomson Travel and Cruise… Et j'en passe. Personne dans la famille ne comprend pourquoi elle fait cela.

Portraits de famille

Et lorsque quelqu'un essaie de le lui demander, elle se met dans tous ses états, et commence à pleurer. C'est inquiétant, mais toutefois assez comique.

May est une sorte de paradoxe vivant. Elle aime faire croire aux gens qu'elle adore les choses bien faites. Mais c'est faux, seules lui importent les apparences. Son mari Harald mène une double vie – plus ou moins depuis toujours – avec Carmen l'Espagnole, et May le sait. Elle a choisi de l'accepter. Tout le monde est au courant depuis longtemps, mais elle feint de l'ignorer.

C'est triste. Pathétique aussi, absurde même. Nous avons de la peine pour May, et May nous est chère.

May était une belle femme. Certaines photos le montrent, et elle en a encore parfois les attitudes. Elle devait être grande et forte. Plus tard, elle est devenue beaucoup plus forte ; et avec les années, elle s'est tassée. Aujourd'hui, sa poitrine est imposante – de plus en plus – ce qui lui cause des problèmes de dos.

Si Beaule dit vrai sur la méchanceté de sa mère, il faut croire qu'avec ses petits-enfants, puis ses

Une famille

arrière-petits-enfants, elle a changé. Ils l'ont rendue plus douce, et May est devenue une grand-mère et une arrière-grand-mère attendrie, et attendrissante.

Harald, lui, a l'air méchant, et c'est parce qu'il peut l'être. Enfin, on ne sait pas s'il l'est réellement (c'est peut-être un brave type, il fait même un peu pitié de temps en temps). Il est sec, impatient, et parfois assez froid.

Un jour, par exemple, Harald était allé chercher Pénélope et Wilo à Waterloo pour les conduire chez lui. Elles devaient prendre un train très tôt le lendemain matin qui les escorterait à Oxford où Wilo avait un entretien pour étudier le japonais au mois de septembre (et pour lequel elle était extrêmement anxieuse). Les motifs de la dispute qui eut lieu entre Harald et ses deux petites-filles n'étaient pas clairs ; mais tout le monde (y compris Beaule) avait trouvé le moment inapproprié.

Étant donné la situation, on aurait pu penser que Harald choisirait de faire abstraction des problèmes domestiques que rencontraient les Du-Vrê à Paris. Mais ce ne fut pas le cas, au contraire. La conversation entre Pénélope et lui avait rudement chauffé dans sa Honda Civic cet après-midi-là ;

Portraits de famille

et Harald avait clairement fait comprendre à ses deux petites-filles que si elles n'étaient pas prêtes à faire des concessions, et à accepter leur mère telle qu'elle était, elles n'avaient qu'à sortir de sa voiture.

À la veille de son entretien à Oxford, Wilo, sa grande sœur Pénélope, et leurs valises s'étaient ainsi retrouvées sur Trafalgar Square, sans savoir où aller, ni que faire. Harald était furieux parce qu'elles étaient sorties avant que le feu ne devienne rouge, tandis qu'elles, étaient inquiètes de savoir où elles allaient passer la nuit. Mais elles s'en étaient bien tirées, comme toujours.

Harald peut aussi faire beaucoup rire certains, même si son humour est plutôt vulgaire. Son cynisme est amusant, comme l'est son impatience ridicule et excessive. Son égoïsme est absurde; et c'est l'une des personnes les moins attentionnées au monde. Mais il a parfois quelque chose de doux, et de sympathique. Il peut être attendrissant, et son vieil âge le rend sage, ce qui oblige à lui vouer une forme de respect qu'il mérite et qu'il obtient sans aucun effort. Les défauts de Harald semblent plus nombreux que ses qualités, mais ils se valent.

Une famille

Autrefois, Harald ressemblait au violoniste Yehudi Menuhin. Son nez est devenu plus imposant avec l'âge ; et sous certains angles, on peut dire que Beaule est son portrait craché, au féminin. En plus de son physique assez ingrat, Harald est souvent désagréable.

La meilleure chose est alors de s'en amuser. Ce personnage déroutant peut facilement faire rire, et son existence comme sa présence d'esprit peuvent plaire à certains. Sa compagnie – presque diabolique – est parfois comique ; et il est vrai que mieux vaut en rire qu'en pleurer.

Harald est marié à sa femme depuis plus de cinquante ans, et il fréquente sa maîtresse depuis plus de trente ans. Pour quelqu'un de son âge, et avec ce caractère-là, c'est assez remarquable. On peut comprendre que May n'ait pas eu envie de se retrouver sans mari après toutes ces années. Cependant, la facilité qu'elle a à accepter cette situation avec calme, docilité et sans complexes en étonne plus d'un.

C'est sans doute leur conformisme social, et l'incroyable capacité d'adaptation de May qui explique cela. Il était permis, et entendu, que tous

Portraits de famille

les jeudis et les dimanches soir, Harald irait « jouer au bridge ». D'année en année, c'était devenu une simple habitude bihebdomadaire ; plus personne ne se demandait ce qu'il faisait ces soirées-là, ni avec qui il les passait.

Ces dernières années, Harald est devenu un peu sénile, presque fou. Ses conversations n'ont plus beaucoup de sens, pas plus que ses propos. Il insiste beaucoup sur certains sujets : le mariage, la procréation en dehors du mariage, et toutes sortes d'autres thèmes sur lesquels son avis n'est pas toujours nécessaire ou bienvenu. Après tout, qui est-il pour faire la leçon aux autres ? C'est tout de même inapproprié d'essayer de forcer les autres à mener une vie que lui juge « correcte » et juste. N'est-il pas en double ménage ? Trouve-t-il cela normal, correct justement ?

Néanmoins, il en est devenu plus drôle encore. Ce n'est pas si mal ; mais ce n'est pas non plus quelque chose de bon. Malgré ce qu'on peut reprocher à ce vieil Harald et à ses manies curieuses, on espère qu'il restera parmi nous encore longtemps.

Une famille

*Marguerite Léonie Foix et Victor Du-Vrê
(parents de Michel)*

Marguerite a grandi à Boulogne-Billancourt avec sa sœur Suzette et ses deux parents – Mémé et un officier. Il est compliqué d'imaginer comment était Marguerite lorsqu'elle était jeune. Elle dit souvent qu'elle était ronde, mais cela reste dur à croire. Elle devait être jolie, du moins très mignonne, car elle est restée si charmante et gracieuse. Marguerite est gentille et raffinée, toujours à la pointe du chic, et il est difficile de lui trouver un seul défaut ; si ce n'est celui d'être trop parfaite.

Elle voit le bien partout, et par conséquent n'est jamais insatisfaite : même lorsque Victor est mort, Marguerite a à peine pleuré (elle ne pleure que très rarement). Elle était triste, mais elle avait été tellement comblée par la vie qu'ils avaient eue ensemble que ces souvenirs et ce qu'elle avait vécu suffisaient à la consoler. Marguerite est une femme heureuse. Elle est pleinement satisfaite de la vie qu'elle a menée jusqu'à présent, profite de chaque instant et savoure tout ce qui lui est offert. C'est une qualité merveilleuse qui la rend belle et fraîche.

Portraits de famille

Marguerite est une femme moderne. Elle est très ouverte d'esprit pour quelqu'un de son époque et de son âge, même si parfois elle aime à prouver le contraire. Certaines de ses réflexions peuvent paraître réactionnaires, voire intolérantes, mais toujours de la plus innocente des façons.

Elle a épousé un Vietnamien – un « Indochinois », comme on disait. Elle travaillait au magazine *Life* lorsqu'elle l'a rencontré. C'était un ami du fiancé d'une de ses copines ou collègues, et ils étaient tous allés dîner suite à la fête donnée en l'honneur de Marcelle Henri. Victor était à l'autre bout de la table mais il ne cessait de regarder Marguerite, et à la fin de la soirée, il l'a invitée à sortir la semaine suivante.

Après, c'est allé très vite (Marguerite est définitivement quelqu'un de moderne). Sont arrivés Philippe, et quelques années plus tard, Michel. Ils ont tous habité dans le XVe arrondissement, et ont été heureux.

Son fils aîné, Philippe, cherche souvent un problème là où il n'y en a pas. Parfois sans raison, il se dispute avec Marguerite et lui reproche des choses qui sont sans importance. Cela arrive surtout à Noël (il est né ce jour-là) ou lors des réunions de famille. En tant que fils aîné, il a été l'enfant favori

Une famille

du père, comme il est de coutume en Asie. Cela explique en partie un certain complexe qu'il a développé par rapport à Marguerite et Michel, et son besoin d'être le centre de l'attention.

Sa mère est quelqu'un d'épatant. Une dame ravissante, que tout le monde sait apprécier à sa juste valeur, et qui fait tout très bien.

Elle dit qu'elle ne sait pas cuisiner. Et il est vrai qu'elle prépare souvent les mêmes plats; mais ils sont toujours délicieux. Pénélope et Wilo adorent faire des paris sur ce qu'elles vont manger lorsqu'elles vont chez elle. Elles ont le choix entre trois ou quatre plats, si bien qu'à chaque fois, l'une d'entre elles a forcément raison.

Elles adorent manger chez Marguerite; et Marguerite aussi semble aimer les recevoir. Elle les invite elles seules, car Homère est trop encombrant avec ses habitudes, et il est souvent en retard... De plus, il s'endort toujours sur le canapé sans vraiment participer ou s'intéresser à la discussion.

La cuisine de Marguerite est à la fois chaleureuse et vieillotte, et elle a quelque chose de particulier. Il est difficile d'expliquer pourquoi. Peut-être est-ce à cause de ses gros carreaux noir et blanc, du petit tabouret qui reviendra à Wilo parce qu'elle est la cadette, de la grosse couverture

Portraits de famille

de laine écossaise à franges accrochée à la fenêtre en hiver pour bloquer le froid, ou des stores rayés jaune et blanc qu'elle descend en été (les mêmes que ceux de l'appartement de Nice)... Pour servir le dessert, elle sort les assiettes qu'utilisait George Sand. Du moins, c'est ce qu'elle affirme. Un documentaire prouvera qu'elle dit vrai. Pour ses petites-filles, tous ces détails ne sont que des souvenirs agréables. Tout comme l'odeur du tofu et des petits oignons qu'elle faisait revenir pour cuire le bifteck à la Fafa, en suivant la succulente recette (dont elle taira le secret) qu'elle a volé à son mari Victor...

Les enfants appelaient leur grand-père Fafa. Il avait été baptisé Victor lorsqu'il s'était converti au catholicisme, mais Fafa lui allait bien mieux. Ce petit nom avait quelque chose d'affectueux ; et l'affection qu'on lui vouait était si débordante qu'elle ne pouvait être mesurée.

Les parents de Victor – le vice-roi du Tonkin et sa dernière concubine – moururent alors qu'il était encore très jeune. Son père, le vice-roi, avait un rôle important dans la région nord du Viêt Nam, mais cela restait toutefois peu clair. Il portait un titre très évocateur : « Colonne d'Empire », titre prestigieux dont seuls trois autres hommes jouis-

Une famille

saient. Certains Vietnamiens disaient que c'était un homme formidable qui avait accompli toutes sortes de bonnes choses pour son pays, alors que d'autres le traitaient de traître et l'accusaient d'avoir été un complice secret des Français. Philippe était un jour parti à Aix-en-Provence où des archives sur cet ancêtre avaient été conservées, pour essayer de clarifier cette affaire. Dans l'un des carnets de notes du vice-roi, Marguerite et lui avaient lu que ce dernier avait tué un mystérieux Allemand, et Marguerite avait trouvé cela terrible. Il est vrai que sur l'une des rares photos qui restent de lui, vêtu de sa robe d'apparat et tenant un sceptre, il vous foudroie du regard.

Le vice-roi avait fait dessiner le jardin de sa résidence par un célèbre paysagiste chinois. Comme la plupart des Asiatiques de cette époque, le père de Victor était opiomane ; et Victor racontait à ses enfants que, dans ce jardin, il y avait une sorte de lac ou d'étang, au milieu duquel se trouvait un pavillon où leur grand-père allait se reposer sur un lit de marbre pour fumer de l'opium. Tout le monde aurait aimé en savoir davantage sur ce fameux vice-roi du Tonkin, mais l'histoire du lit en marbre de son pavillon et ses six ou huit femmes et concubines fascinaient déjà bien assez.

Portraits de famille

Élevé par ses sœurs aînées – l'une d'entre elles s'était convertie au catholicisme et était la première femme à avoir une voiture au Viêt Nam –, Victor (orphelin avant même d'atteindre l'âge de 8 ans) était un enfant sage et doux, et avait un don pour la peinture. En 1931, il partit en bateau pour la France afin d'y peindre une fresque à l'Exposition coloniale internationale, qui eut lieu au bois de Vincennes. Il voyagea ensuite en Belgique, en Hollande et en Italie pour parfaire son éducation artistique. Il vénéra toujours le primitivisme flamand et italien. Il rentra ensuite à Hanoï pour enseigner à l'École supérieure des beaux-arts de l'Indochine et devint une sorte de « coqueluche » du Tout-Hanoï. Quelques années après, en 1937, il retourna en Europe et vécut à Paris, où il rencontra Marguerite avec qui il passa le reste de sa vie. Hormis un très court séjour dans les années 50, il ne voulut plus jamais retourner au Viêt Nam devenu communiste.

On sait que les Asiatiques vivent généralement assez vieux, et Victor survécut jusqu'à 94 ans. À la tristesse de tous, il avait été renversé par un adolescent en scooter dix ans auparavant et était resté dans le coma pendant très longtemps à l'hôpital

Une famille

Saint-Antoine. Tout le monde lui rendait visite fréquemment ; mais parfois, Wilo, encore très jeune à l'époque, n'avait pas le droit d'aller à son chevet et devait attendre dans la voiture avec Pénélope. Victor se remit de cet accident ; mais il ne fut plus pareil après ; sa santé était diminuée, et Wilo n'a jamais vraiment connu celui que Pénélope et Homère pleurent encore.

Ils lui avaient raconté, et elle l'avait bien compris, que Victor était un grand-père exemplaire. Lorsqu'ils étaient petits, Victor les emmenait au jardin d'Acclimatation, au cinéma du square Saint-Lambert, ou à la boutique bleue pour acheter des bonbons… Il les laissait faire tout ce que les parents interdisent habituellement : regarder la télévision jusque tard le soir, manger des bonbons après s'être brossé les dents, se coucher à pas d'heure, enregistrer tout et n'importe quoi sur son magnétoscope… D'ailleurs, Victor adorait les appareils technologiques dernier cri (Philippe hérita de cette passion), et il avait remplacé son lecteur VHS par un Betamax. Au grand regret de Marguerite, il avait la manie de tout enregistrer, et il bricolait beaucoup dans leur maison : les serrures, les placards, la plomberie parfois, toutes sortes d'objets électroniques, et même son audioprothèse (Mar-

Portraits de famille

guerite s'en plaignait en permanence, « Ça siffle, ça siffle ! » disait-elle lorsque l'appareil se mettait à dérailler), tout y passait !

Hormis leurs petits différends au sujet des machines et du bricolage, ils formaient un couple parfait. Victor avait toujours des petites attentions pour Marguerite, il était très respectueux, lui apportait souvent des fleurs, et prenait soin d'elle avec une grande tendresse. Pendant longtemps, Victor avait conduit de belles automobiles, et il aimait aller chercher Michel, Beaule, Pénélope et Homère à l'aéroport ou conduire Pénélope à son spectacle de danse à Rueil-Malmaison. Victor était très coquet, et toujours extrêmement bien habillé, et il accordait beaucoup d'importance à l'esthétique des choses, et il vivait au milieu de beaux objets qu'il avait collectionnés. Cet environnement avait formé le goût de Michel.

Vers la fin, la santé de Victor a commencé à se dégrader. Il n'était plus le même, et il était devenu plus sourd que jamais. Pendant son adolescence, Wilo avait du mal à communiquer avec lui et le voyait comme le « sage » de la famille. Il était souvent confortablement assis dans un coin du salon, sur le gros fauteuil beige qui lui était réservé. Bien sûr, ils continuaient d'aller à la boutique

Une famille

bleue ensemble ; et il cachait encore des bonbons dans une boîte ronde métallique, rouge avec un gros cœur blanc au milieu. Mais il était déjà bien différent de celui qu'il avait été. Lorsqu'il fut très affaibli, et qu'il devint trop difficile pour Marguerite de s'occuper de lui toute seule, Homère a emménagé avec eux. Il a pris soin de Victor jusqu'à la fin de ses jours. C'est à ce moment-là que Homère a révélé sa vraie douceur et sa générosité.

Chapitre 3

Rue de Vaugirard

En 1974, ou 1975, Philippe sonna chez lui, enfin plutôt chez ses parents, parce qu'il y habitait encore partiellement malgré son âge. L'appartement était au cinquième étage d'un bel immeuble haussmannien de la rue de Vaugirard. Il était lumineux, très bien aménagé, et il convenait au mode de vie à la fois nomade et dépendant de Philippe. Il était plein de belles choses collectionnées par Victor qui a transmis à Michel son goût des objets. Marguerite et Victor occupaient seulement la moitié de l'appartement, alors pourquoi Philippe se serait-il privé de profiter de la chambre de son enfance ? Sans doute aimait-il aussi se sentir entouré de ses proches, et l'accès qu'il avait à un réfrigérateur rempli.

Marguerite lui ouvrit la porte, et resta bouche bée lorsque Philippe dégagea le passage pour laisser rentrer Beaule. Très encombrante – mais pas autant que ses trois malles remplies de fourrures,

Une famille

sacs à main, et robes fleuries de l'époque –Beaule, un double renard argenté autour du cou, salua à peine Marguerite et commença une inspection poussée des lieux. Elle ouvrait les boîtes en argent que Marguerite avait disposé dans un coin du salon, observait avec admiration les tableaux que Victor avait peints au fil des années, vérifiait qu'il n'y avait rien dans les porcelaines chinoises placées délicatement sur un guéridon, ou testait les coussins beiges des tabourets autour de la grande table en marbre de la salle à manger... C'était tout juste si elle ne s'était pas mise à fouiller les placards de Marguerite. Ils l'apprendraient vite, Beaule était une femme qui savait prendre ses aises.

Marguerite ne commenta pas : elle est discrète. Elle laissa faire, se disant que Beaule se lasserait vite de cette activité étrange. Elle retourna dans sa chambre, vaquant à ses propres loisirs. En effet, Beaule finit par s'en lasser... À peine une heure plus tard, alors qu'elle passait par hasard devant sa cuisine, Marguerite surprit Beaule et Michel en pleine embrassade. Elle regarda une seconde fois pour vérifier qu'elle ne se trompait pas – mais non, elle avait bien raison : Beaule et Michel s'embrassaient passionnément, comme si la terre s'était arrêtée de tourner. Pour autant, Marguerite ne

Rue de Vaugirard

s'interrompit pas et continua sa route. La journée reprit son cours, comme si de rien n'était.

Michel dit « Au revoir ! » à Marguerite, et la remercia pour le petit déjeuner qu'elle lui avait servi. Elle le félicita pour le travail qu'il avait accompli au Festival de Cannes, et lui rappela qu'il était toujours le bienvenu chez elle. Il retourna chez lui pour se détendre, ou pour travailler (un mystère, les activités de Michel). La journée de Marguerite se poursuivit, elle oublia ce qu'elle avait vu ce matin-là – elle n'avait même pas été choquée à vrai dire et n'y pensait déjà plus. Le lendemain, elle ne s'en souvenait plus.

Plus tard, elle avait revu Beaule à quelques reprises, ici ou là, avec l'un ou l'autre de ses fils. Évidemment, elle se souvenait d'elle – comment l'oublier ? Cependant, elle ne faisait aucun rapprochement avec la « scène » qui avait eu lieu dans sa cuisine. Elle avait à peine cherché à savoir pourquoi Beaule était encore à Paris.

Quelques mois plus tard, au mois de février – juste au moment des célébrations pour la nouvelle année asiatique – le téléphone des Du-Vrê sonna. C'était Michel.

Une famille

« Maman ?
— Oui, c'est moi, chéri.
— Tu es assise ?
— Non.
— Eh bien assieds-toi alors. »
Marguerite s'assit.
« Fais ta valise. Beaule est enceinte, et nous nous marions dans huit jours à Londres. »

Là, ce fut une surprise. Quelle drôle d'idée ! Michel était toujours surprenant, mais ce secret était d'une autre ampleur. À vrai dire, après réflexion, rien ne l'étonnait plus. Marguerite était quelqu'un d'ouvert, et elle en était devenue une femme presque indifférente aux choix des autres. Ces jeunes, pensa-t-elle, ils font tout si rapidement et ne réfléchissent à rien. Victor, de son côté, était un père tolérant, toujours ravi de recevoir des nouvelles de la sorte.

Marguerite se dit que c'était peut-être une bonne chose. Michel et Beaule avaient tous les deux déjà presque 25 ans, pas d'enfant, ni de relations sérieuses. Quoi qu'il en soit, il valait mieux qu'elle soit contente, plutôt qu'inquiète. Elle le fut donc.

Rue de Vaugirard

Le mariage fut organisé. Marguerite et Victor s'habituaient progressivement à Beaule, et commencèrent même à se prendre d'affection pour elle. Tout le monde prit l'avion pour Londres. La rencontre entre les Du-Vrê et les Feldman fut un grand choc culturel.

La famille Feldman faisait partie d'un milieu de juifs londoniens plutôt attirés par le succès et l'argent, dont le centre d'intérêt principal était la vie des autres membres de la communauté juive. Ne pas se marier religieusement n'était pas très bien vu, mais si le compagnon choisi était de bonne famille et qu'il rencontrait déjà un certain succès, on pouvait passer outre. Les Du-Vrê n'étaient pas juifs, mais Victor – dernier fils d'une grande famille tonkinoise – était un célèbre peintre vietnamien, respecté de tous ; et son fils semblait suivre la même voie. Il avait fait la une du *New Yorker* à 19 ans à peine, et sa cote n'avait cessé de monter depuis. Cela avait suffisamment impressionné les Feldman pour leur faire oublier l'éducation catholique de Michel et ses parents. D'autre part, une proche cousine vietnamienne de Michel était mariée avec un riche juif anglais et cela leur avait plu.

Une famille

Les Du-Vrê étaient des gens extrêmement bien élevés, dont la tolérance allait au-delà de ce que l'on pouvait imaginer. Ainsi, bien que la famille Feldman ne leur semblât pas être, à première vue, la belle-famille idéale, ils s'enchantèrent de l'amour que Michel portait à Beaule, et du petit-fils que celle-ci allait leur donner. Leurs deux fils étaient ce qu'il y avait de plus important pour Marguerite et Victor, et quel que fût leur choix de vie, ils étaient prêts à l'accepter et à faire tous les efforts nécessaires pour l'apprécier. May et Harald n'étaient peut-être pas les beaux-parents qu'ils avaient imaginés pour leur fils cadet, mais Michel avait pris sa décision, et ils s'en accommoderaient.

Les deux familles étaient courtoises l'une avec l'autre, et la politesse des Du-Vrê à l'égard des Feldman fut sans limite – « Nous sommes heureux que vous soyez des gens civilisés », leur avait dit Harald, avec sérieux. Marguerite s'était empêchée de glousser, mais ce n'était pas l'envie qui lui avait manqué. Ils finirent tous par s'entendre, bien que se *comprendre* ne fût pas encore envisageable.

Le mariage fut convivial, peut-être même chaleureux : un cocktail très formel chez les parents

Rue de Vaugirard

de Beaule et une soirée beaucoup plus détendue dans l'énorme église en habitation où vivaient les cousins de Michel. Six mois plus tard, Homère naissait. Ravissant petit bébé blond. C'était le début d'une longue histoire familiale, compliquée, mais très drôle.

CHAPITRE 4

Rue Singer

Beaule et Michel avaient réussi à fonder une petite famille sympathique ; rigolote et sérieuse en même temps, bourgeoise mais pas vraiment, assez nombreuse pour se disputer mais pas pour avoir une carte de réduction. Deux ans après la naissance de Homère, ils avaient conçu la petite Pénélope. Une autre blonde aux yeux verts et au sourire coquin. Ils vivaient à quatre, dans un appartement d'un coin tranquille du XVIe arrondissement, rue Singer. Ils devaient sans doute être heureux, et les affaires ne devaient pas trop mal marcher pour Michel puisqu'ils achetèrent très vite un grand appartement, en plein centre de Paris, dans le IIe arrondissement.

C'était la fin des années 70, et peu de gens habitaient le quartier. Les trois étages en dessous de l'appartement des Du-Vrê étaient des bureaux ; et ceux qui travaillaient à la Bourse ou dans les

Une famille

grandes banques des alentours rentraient le soir dans leurs arrondissements plus résidentiels. Le quartier était assez inhabituel, mais ils pensaient sans doute qu'ils pourraient y être tranquilles, et l'appartement avait bien des qualités. Son charme, son originalité et le fait que l'ascenseur mène directement dans l'entrée du foyer, avaient certainement plu à Beaule et à Michel.

Il était situé au dernier étage d'un ancien hôtel du XVIIIe siècle, et était composé d'une série de pièces reliées par un long couloir biscornu. Une lumière chaleureuse inondait chacune d'elles. Seul inconvénient, il pouvait y faire très chaud en été.

Dix ans après la naissance de leur premier enfant, les Du-Vrê avaient besoin de quelque chose de nouveau, Homère et Pénélope s'ennuyaient, les parents ne se supportaient plus vraiment, le nouvel appartement avait trop de chambres, et Nylie Mariyanayagam, leur merveilleux homme à tout faire, n'avait pas assez de travail… En somme, il était temps de faire venir quelque chose de neuf.

Le matin de Noël 1984, Pénélope et Homère trouvèrent une carte à leurs noms entre leurs taies d'oreiller brodées (chez les Du-Vrê, le père Noël entrait par la cheminée du salon dans la nuit du 24 au

Rue Singer

25, et plaçait tous les cadeaux dans les taies d'oreiller de chacun, déposées devant la cheminée). Michel y avait dessiné un landau avec un point d'interrogation. Le cadeau n'était pas le landau (ni le point d'interrogation), mais c'était bien Wilo ! Un bébé surprise. Ils furent tous deux contents, particulièrement Pénélope car Homère ne voulait pas exprimer sa joie tant qu'il n'aurait pas la confirmation que Wilo serait un garçon (lorsqu'il avait appris que c'était une fille, les choses s'étaient compliquées…).

Personne n'a jamais vraiment compris si Wilo venait réparer le couple de Beaule et Michel, compléter la famille, ou si, réellement, elle avait été voulue pour elle seule. Tout le monde se disait simplement que c'était sans doute une bonne chose que d'accueillir un nouveau membre dans cette petite famille presque trop parfaite.

Elle devait arriver le 16 juin, le jour de l'anniversaire de Peggy, leur arrière-grand-mère anglaise ; Pénélope, elle, était née le 16 octobre, date d'anniversaire de Mémé, l'arrière-grand-mère française. C'était trop beau pour être vrai.

L'été venu, tout le monde se rendit à Londres chez May et Harald. Mais le presque nouveau-né

Une famille

ne voulait décidément pas sortir et n'arriva que le 27 juin. Un petit mot qui annonçait sa naissance avait été déposé sur les marches du deuxième étage de la maison de Springfield Road pour Pénélope et Homère, alors que Michel les attendait à l'hôpital. Homère refusa de s'y rendre, parce que c'était une fille ; mais après un jour ou deux il s'y fit.

Marguerite et Victor étaient venus leur rendre visite. Ils étaient allés déjeuner près de l'hôpital, et Beaule avait posé le petit couffin sur le trottoir – Marguerite avait pensé que c'était sale, mais elle ne voulait pas s'en mêler... Il y eut des vacances au pays de Galles – à Portmeirion, un curieux village construit par Clough Williams-Ellis, un architecte un peu fou – tout semblait très bien se passer, peut-être même étaient-ils heureux.

Beaule et Michel s'aimaient sans doute. Ils avaient trois enfants, et ils s'amusaient avec eux. Ils avaient de l'affection l'un pour l'autre, et une forme de tendresse assez particulière les unissait. Ils avaient construit un petit musée de babashs (c'est comme cela qu'ils appelaient les lapins), auquel ils avaient ajouté des objets de toutes sortes – toujours liés aux lapins – à mesure que les années passaient. Le musée était vraiment bien entretenu, et on voyait bien que c'était leur

Rue Singer

amour qui leur avait permis de le conserver ainsi. Une fois, Pénélope s'y était aventurée (c'était un tout petit placard), et y avait trouvé plusieurs lettres d'amour que ses parents s'étaient écrites. Une autre fois, sur une étagère de Springfield Road, elle avait trouvé une boîte à chaussures pleine de lettres qu'ils s'étaient envoyées, dont les phrases étaient intégralement composées en majuscules.

Nul ne sait comment la famille en est arrivée à ce qu'elle devint ensuite. Au bout d'un moment, Beaule et Michel ne se supportèrent plus. Très vite, Beaule et Pénélope eurent des problèmes ; et pour terminer, Wilo aussi cessa de s'entendre avec Beaule.

Leurs rapports commencèrent à se détériorer. Les choses n'étaient plus pareilles. Wilo se demandait si elle n'avait pas été un « enfant de la réconciliation », si Beaule et Michel se détestaient déjà avant ou si cette mésentente était récente – peut-être même était-ce de sa faute s'ils ne s'aimaient plus ? Tout cela était confus pour elle.

Qu'était-il en train de se passer au sein de sa famille ? S'aimaient-ils encore ? Les relations qu'ils entretenaient n'étaient pas claires et, en dépit de

Une famille

la taille de sa famille, Wilo devait faire face à une solitude difficile à dépasser et à comprendre.

Ce fut d'autant plus troublant quand Wilo eut dix ans. Beaule et Michel essayaient d'avoir un nouvel enfant. Plus tard, elle comprit leur mode de fonctionnement : Beaule et Michel semblaient faire des bébés pour mieux s'entendre – et peut-être se forcer à s'aimer. N'était-ce pas de cette manière déjà qu'ils avaient commencé, lorsque Beaule était tombée enceinte de Homère, avant même de vraiment connaître Michel ? Mais après tout, pensa Wilo, quelle importance ? Ils étaient tous là maintenant.

Chapitre 5

Drouot, salle des ventes

Une année, les Du-Vrê furent de nouveau conviés à l'un de ces innombrables événements familiaux organisés par les Feldman à Londres. Les enfants étaient encore suffisamment jeunes pour être forcés de s'y rendre, mais ils étaient déjà trop vieux pour que l'on puisse les convaincre que ce serait amusant.

Michel avait exigé que les parents de Beaule les invitent tous à l'hôtel. Tous, c'est-à-dire les cinq membres de leur famille et toute personne supplémentaire que chacun choisirait d'inviter. Sans cela, il ne viendrait pas. Pénélope avait invité son fiancé de l'époque, Maurice, et Wilo partageait sa chambre avec Homère. Les Feldman leur avaient réservé un hôtel assez quelconque. Petit, mais tout de même confortable et luxueux, à l'ambiance chaleureuse. Ils s'y étaient tous distraits, et avaient bien ri.

Une famille

Michel avait également insisté pour que Beaule sorte la Bentley du parking de sa grand-mère, et qu'elle s'en serve. Il trouvait que la taille et l'âge de la voiture lui donnaient une certaine élégance. En effet, elle avait quelque chose que n'avaient ni la Golf, ni la Renault 5, ni aucune des petites voitures que Beaule avait déjà conduites ou louées pour leurs vacances dans le Sud ou en Italie. Il aimait aussi se faire conduire par sa femme, là où il voulait, quand il le voulait, dans un grand véhicule comme celui-là. Il n'avait jamais eu son permis, mais prenait plaisir à rouler dans une belle automobile. C'était sûr, Michel avait un petit penchant pour le côté « chauffeur » qu'avait Beaule lorsqu'elle conduisait la Bentley.

Les conditions imposées cette fois-ci n'étaient pas si exigeantes. Michel avait déjà demandé pire. Mais il avait raison. Il avait du travail, une vie chargée, assez intéressante aussi. Il avait certainement mieux à faire que d'assister au 54e anniversaire de mariage des parents de sa femme.

Pourquoi fêter celui-là en particulier ? Justement, pour rien. La cérémonie de célébration était, aux yeux de tous, ridicule et excessive. Michel méprisait ces coutumes. Ces obligations familiales,

Drouot, salle des ventes

auxquelles il était tenu d'assister, étaient un parfait reflet de ce que représentaient cette famille et ses valeurs : de vulgaires et formelles festivités qui n'étaient qu'un inutile prétexte pour célébrer quelque chose. Quelque chose qui n'avait pas lieu d'être fêté puisque personne ne voulait être là, et que, de plus, l'événement était sans importance. Mais la question était plutôt de savoir pourquoi ces deux patriarches célébraient leur mariage malheureux et malhonnête : Harald trompait sa femme avec la même maîtresse depuis plus de trente ans, et cela n'avait pas l'air de les déranger.

Michel n'imposait pas ces conditions pour compliquer la situation, ou pour se faire respecter. Il voulait seulement faire de cet inutile séjour – qui aurait pu être cauchemardesque – un petit voyage amusant, presque agréable, en famille. Ainsi, il pouvait distraire ses enfants et s'oublier parmi cette ennuyeuse belle-famille qu'il avait involontairement choisie. Peut-être que de cette façon, le sentiment de dégoût qu'il avait pour ses beaux-parents s'effacerait derrière ses jeux et ses distractions étranges.

Les Feldman et tout leur entourage assistaient à ces festivités parce que c'était l'usage chez eux. Ils préféraient respecter une tradition qui leur était

Une famille

imposée pour se conformer au schéma social, plutôt que de faire ce qui leur plaisait. Il fallait que les choses soient « bien » faites ; et l'on s'intéressait bien plus aux apparences qu'à la vraie vie que chacun menait, ou aux éventuels problèmes qu'il pouvait y avoir dans cette vie. S'il y avait une difficulté, elle devenait tout de suite un tabou. On ne parlait que de ce qui était bien, de ce qui était beau, et de ce qui rendait plus riche et plus fort.

Cette attitude ne plaisait pas à Michel. Beaule n'en pensait pas moins, mais elle avait grandi avec ces parents, et parfois elle aimait se rattacher à ce qui lui était familier. En quelque sorte, elle n'avait ni la même distinction, ni le même bon sens que Michel ; et elle se retrouvait piégée, entre sa vieille famille dont elle avait honte (mais à laquelle elle était incontestablement attachée) et sa nouvelle famille dont elle était fière (mais qu'elle avait du mal à comprendre). En quittant l'Angleterre, et cette famille au conformisme social paralysant, pour s'installer à Paris avec Michel, elle s'était retrouvée « les fesses coincées entre deux chaises ».

Son côté snob lui donnait le désir de fonder sa propre famille : française, chic et un peu bourgeoise. Elle avait voyagé et participé à beaucoup

Drouot, salle des ventes

d'événements de la vie hippie des années 60-70. Elle y avait acquis une certaine ouverture d'esprit et un sentiment de rébellion qui l'avaient poussée à vouloir deux choses : se différencier des Feldman et ne pas épouser un homme de religion juive.

Elle souhaitait que dans son milieu – ce petit cercle fermé de juifs londoniens assez aisés mais sans délicatesse, ennuyeux et peu cultivés – ils se souviennent d'elle. Elle voulait à la fois leur échapper, et les impressionner ; leur montrer qu'elle pouvait « devenir quelqu'un » : quelqu'un d'intellectuellement sophistiqué, avec une culture plus étendue que la leur.

Elle avait bien choisi Michel finalement. Il était drôle, fin, et faisait toujours de bonnes blagues. Comme lorsqu'il mettait des Fisherman's Friends (ces bonbons anglais mentholés) dans les petits-fours aux épinards et à la ricotta que la bonne de May achetait chez Marks & Spencer. La blague était délicieuse, à l'inverse du petit-four. Ses enfants prenaient plaisir à l'observer, et s'amusaient avec lui. Lorsqu'il faisait ce genre de plaisanteries, il avait l'air d'avoir 11 ans, et il découvrait toujours une ruse encore plus farfelue et plus coquine que la précédente.

Une famille

Beaule ne comprenait pas ses farces. Elle les regardait tous en rire, et elle haussait les épaules, sans y prêter attention. Elle ne participait pas à leurs blagues, pour elle, enfantines et stupides. Les enfants ne savaient pas si elle les trouvait idiots parce que cette farce était méchante pour celui qui mangerait le petit-four, ou si elle se sentait exclue, et devenait jalouse.

L'humour de Beaule était complètement différent ; elle s'amusait des comiques anglais, souvent lourds et communs, qui passaient à la télévision, ou des rubriques humoristiques dans le *Times* du dimanche. Michel avait bien essayé de lui faire apprécier ses plaisanteries et les choses drôles que lui et ses enfants utilisaient pour donner un peu de fantaisie à la vie de tous les jours. Mais ce fut sans succès.

Par orgueil, ou parce qu'elle manquait de malice, elle s'était isolée de ces petits jeux dès le début. Elle s'en plaignait souvent, traitant Michel d'enfant. Elle disait qu'il était terrible, et qu'il entraînait les enfants dans de cruels jeux d'esprit.

Ils l'écoutaient d'une oreille, et ne la prenaient jamais au sérieux. C'était elle qui était désagréable, pas eux. Croquer dans une pastille au puissant goût de menthe lorsqu'on s'attend à goûter un snack salé

Drouot, salle des ventes

et crémeux n'est pas très agréable… Mais la blague en valait vraiment la peine.

Ce qui était peu sympathique, et presque vulgaire, c'était le comportement de Beaule à l'égard des Feldman. Elle les rejetait, et paraissait ainsi « renier ses origines ». Elle ne voulait pas leur ressembler, mais malheureusement elle restait leur portrait craché, qu'elle avait pourtant pensé fuir : celui d'une personne fausse, hypocrite et superficielle.

Elle avait développé une sorte de snobisme à leur égard. Elle ne voulait plus être assimilée à ses parents ou à son frère qu'elle jugeait médiocres, trop loin de la nouvelle Parisienne qu'elle voulait devenir. Elle s'était éloignée de son frère, qui avait pourtant toujours été là pour elle, simplement parce qu'il n'était pas assez chic. Or, ici, c'est l'attitude de Beaule qui manquait d'élégance.

Une fois mariée, elle n'eut plus envie d'être associée à son passé. Elle ne savait plus si elle était anglaise ou d'Europe continentale, juive pratiquante ou laïque, châtain ou blonde, ronde ou maigre, mère ou femme… Cela provoqua une sorte de faille en elle, une crise d'identité tardive. Et elle n'arrivait pas à comprendre que cela puisse trou-

Une famille

bler ses enfants. Son snobisme, son rejet de ses origines, sa volonté de se faire passer pour une autre que celle qu'elle était, tout cela les poussa peu à peu à la mépriser. Pénélope, qui était sa fille aînée, le vivait particulièrement mal ; notamment, lorsque Beaule venait lui emprunter ses vêtements d'adolescente, pour prétendre être aussi jeune qu'elle. Marguerite aussi voyait cela comme un des défauts de Beaule. Elle disait qu'il était normal qu'une fille s'identifie à sa mère et lui emprunte des vêtements, mais pas l'inverse.

Pénélope et Wilo reprochaient beaucoup de choses à Beaule. D'après elles, si leur mère écoutait leurs secrets, ce n'était que pour pouvoir se moquer d'elles ensuite ; elle se comportait avec ses filles en amie blessante plutôt qu'en véritable confidente en qui elles pourraient avoir confiance et sur qui elles pourraient compter. Lorsqu'elle passait du temps avec elles, Beaule voulait toujours être au centre de l'attention. En vacances, elle dansait sur les tables lorsque la famille sortait, et aimait se faire remarquer. Elle voulait redevenir adolescente, volage, se sentir belle, jeune, aimée de tous… Et qui pouvait lui en vouloir ? Mais lorsque Beaule se donnait en spectacle, elle ne cherchait pas à s'amuser avec sa famille, qu'elle ne voyait jamais comme une prio-

Drouot, salle des ventes

rité ; elle se cherchait elle-même. Sa frivolité les faisait alors rougir de honte et frémir d'inconfort.

*
* *

Il arrivait cependant à Beaule de se comporter en bonne mère. Elle emmenait souvent Wilo en vacances, ou lui faisait faire des sorties amusantes... Elles allaient même parfois dans des parcs d'attractions ensemble.

Elle faisait aussi faire beaucoup d'activités à ses enfants ; ils furent scouts, allèrent à la piscine chaque semaine, jouèrent dans des jardins spécialisés, et firent de la danse classique pendant de longues années. Elle les inscrivit également à tous les ateliers possibles : de jardinage, de couture, de bricolage, de peinture, de poterie...

Les filles allaient à la danse le mercredi après-midi à la salle Pleyel parce que c'était bien vu. Et les scouts étaient américains, car il fallait préserver le côté anglo-saxon. Les ateliers reflétaient ses goûts, car c'est ce qu'elle aurait aimé qu'on lui fît faire lorsqu'elle était enfant.

Ces occupations ludiques lui permettaient de continuer à avoir une vie légère et sans inquiétudes,

Une famille

faite de frivolités enfantines, presque sans responsabilités; la vie qu'elle aimait. Ainsi, si quelqu'un osait lui faire un reproche, elle pouvait répondre, preuve à l'appui, qu'elle avait été une « très bonne mère, qui s'était si bien occupée de ses enfants ». Elle faisait souvent les choses pour pouvoir s'en vanter après. Quant aux vacances, elle profitait de ses enfants pour se les faire offrir par Michel, son pauvre mari qui restait à la maison pour travailler, et pouvoir les payer.

Mais si Michel ne partait pas, c'était surtout parce qu'il n'aimait pas cela. Il n'aimait pas les climats chauds, et n'avait pas la même manière de se reposer que tout le monde. Il n'avait aucun désir de quitter son appartement, ni sa ville ou son atelier, et se fichait bien d'être « dépaysé ». Plus que tout, il avait fait prendre à sa famille des habitudes luxueuses et coûteuses (un train de vie princier, trois à quatre mois de vacances par an pour sa femme et ses enfants, un confort quotidien) auxquelles il devait maintenant subvenir.

Beaule l'aidait occasionnellement. Elle pensait à dire à Nylie, leur fidèle homme de ménage, de lui apporter son déjeuner, essayait tant bien que mal de régler certaines de ses formalités adminis-

Drouot, salle des ventes

tratives, et, si c'était sur son chemin, elle allait faire quelques-unes de ses courses (chez DHL, FedEx ou Lavrut).

La vie de Beaule n'était donc pas des plus difficiles à vivre. Elle allait à la gymnastique, chez le psychanalyste et avait deux ou trois choses à faire par-ci par-là. Pendant de longues années, elle avait eu à s'occuper de ses enfants ; une vraie partie de plaisir pour elle, puisqu'elle choisissait ce qu'elle voulait faire, où elle avait envie d'aller, et faisait payer Michel. Ainsi fonctionnaient les choses chez eux, et il n'y avait aucune raison de s'en plaindre. Beaule était une femme égoïste, c'était sûr. Mais c'était comme cela.

En vérité, à seulement 8 ans, Wilo préférait effectivement faire du jardinage aux Tuileries, plutôt que d'être traînée chez tous les antiquaires de la Rive gauche (ce que Michel l'emmenait faire dès qu'il voulait passer du temps avec elle). À cet âge-là, et avec la taille de ses petites jambes, c'était injuste de lui faire traverser la Seine, pour aller de quartier en quartier, et d'antiquaire en salle des ventes, sans savoir comment l'occuper, ni où la mettre…

Parce qu'elle aimait son père, et pour aucune autre raison, Wilo trouvait toujours le moyen de

Une famille

s'amuser... Même à la salle Drouot, l'hôtel des ventes parisien, elle avait sa petite cachette et s'inventait chaque fois des jeux. Lorsqu'ils y prenaient l'escalator, Michel se débrouillait toujours pour faire une plaisanterie, comme arracher un cheveu du crâne de la personne qui se tenait devant eux, par exemple. Si elle se retournait, Michel se fâchait et se tournait vers Wilo en soupirant, pour que la personne pense que Wilo était la coupable et qu'elle se fasse accuser ! Wilo riait alors beaucoup.

Il l'emmenait ensuite voir toutes sortes de choses qu'elle ne regardait pas, et lui promettait, si elle restait sage, de la conduire à sa cachette. Celle-ci n'avait rien de particulier, c'était un simple trou dans le mur, que Wilo considérait pourtant comme sa maison. Une fois dedans, elle ne voulait plus en sortir ; mais si Michel partait, elle le suivait... Plus tard, Wilo avait découvert que Michel emmenait aussi Pénélope et Homère à Drouot. Mais eux adoraient y aller. Ils pouvaient y faire leurs bêtises habituelles, et nourrir leur robot Nono qui ne mangeait que des vis. Drouot était donc le lieu parfait puisqu'il y en avait partout...

Ensuite, la tradition voulait qu'ils aillent chez Pain d'Épices ou chez Si Tu Veux, deux petits magasins de jouets situés dans un des passages du

Drouot, salle des ventes

quartier – le passage des Panoramas peut-être ? Ces passages adjacents aux Grands Boulevards se ressemblent tant qu'il fut difficile pour Wilo de se rappeler plus tard duquel, précisément, il s'agissait. Elle pensait qu'avec son père ce seraient des lieux où ils ne cesseraient jamais d'aller, et qu'elle n'aurait donc pas besoin de s'en souvenir puisqu'ils ne deviendraient jamais un souvenir. Mais elle s'aperçut un jour que c'était fini. Si elle s'y rendait maintenant, sa cachette « maison » à Drouot ne serait plus à sa taille, et elle découvrirait certainement qu'elle se réduisait à un trou dans le mur pas plus grand qu'un mètre de hauteur. Mais ce n'était pas grave. Wilo était contente d'avoir eu ce trou de mur comme maison, et le père qui le lui avait trouvé. C'était inhabituel d'emmener sa fille de 8 ans chez des antiquaires, et ça n'était pas l'activité préférée de Wilo, loin de là. Mais on s'y faisait. Et plus tard, on appréciait.

*
* *

Les Du-Vrê partaient souvent en vacances au Maroc. Ils louaient de grandes maisons sur la vieille montagne de Tanger, et passaient l'été avec des

Une famille

individus que certains jugeaient « excentriques ». Ainsi, lorsque Wilo et ses amis partageaient leurs photos de vacances à l'école, elle sentait que sa vie ne ressemblait en rien à celle des autres et qu'elle ne vivait pas les choses de la même manière. Elle ne voyait pas d'anomalie particulière dans la vie de ses parents. Ceux qui faisaient partie de cette existence – des antiquaires, stylistes, écrivains, décorateurs, architectes, paysagistes… des couples du même sexe qui vivaient ensemble et se déguisaient entre eux pour assister à des bals costumés – n'avaient rien de choquant, pourtant à l'école, ça n'était pas « normal ». Mais Wilo, Pénélope et Homère s'en fichaient car ils avaient grandi avec ces personnes depuis leur enfance.

Aucun d'eux ne voyait la différence entre un homosexuel et un hétérosexuel. Beaule et Michel les avaient mis au courant de la différence physique, comme le font tous les parents. Mais c'est tout. Ils avaient été élevés avec ces amis-là (presque leur famille maintenant) toute leur vie, et ils n'étaient pas différents des autres à leurs yeux, peut-être à la limite plus divertissants ou extravertis.

Pour Wilo, il en allait de même avec les antiquaires : au début, elle les trouvait assez normaux, puis elle s'était bien rendu compte que leur vie

Drouot, salle des ventes

n'était pas tout à fait comme celle des autres, mais quelle importance ? Est-ce que Beaule et Michel en avaient été de moins bons parents ? Est-ce que cette famille s'entendait moins bien, ou au contraire s'amusaient-ils plus de toutes leurs petites dissemblances ?

Ce père, avec ses activités incongrues et ses habitudes absurdes, de quoi avait-il privé ses enfants ? De se salir les ongles en jouant avec d'autres enfants dans le bac à sable d'un square poussiéreux ? Et cette mère, avec ses manies excentriques, et sa façon d'habiller ses filles avec des vêtements « spéciaux », assez vieillots, les avait-elle empêchées de vivre en faisant cela ? Pénélope et Wilo ne le savaient peut-être pas, mais c'était bien plus chic de porter des robes à smocks anglaises avec des chaussures Start-Rite que des ensembles short et tee-shirt avec un imprimé de *La Petite Sirène*.

S'ils ne ressemblaient pas à leurs camarades de classe, et se faisaient parfois moquer par ceux qui pensaient que c'était « la honte » de s'habiller comme eux, ils s'en fichaient. Et cela avait même dû forger la forte personnalité de chacun des Du-Vrê. Plus tard, leurs vies n'en avaient été que plus riches de souvenirs et plus ouvertes à l'aventure.

Une famille

Wilo était contente que son père la force à avoir bon goût. En littérature notamment, et dès son plus jeune âge. Michel avait acheté les collections complètes de *Babar* pour elle, de *Dr. Seuss* pour Pénélope, et de *Tintin* pour Homère. Ils avaient grandi avec *Le Petit Pioui, Esther*, sa copine imaginaire et toutes les aventures si bien illustrées – celles de *Yukulele* en particulier – des petits Livres d'Or.

Parfois, Wilo se sentait exclue à l'école, mais elle préférait mille fois ses vieux dessins délicats à tous les cartoons modernes (et laids) auxquels s'intéressaient les enfants de sa classe. Plutôt que de s'identifier aux tristes personnages de dessins animés qu'on pouvait voir à la télévision, Wilo aimait mieux que son père fasse d'elle une petite orpheline comme Madeline ou une Éloïse qui vivait au Plaza à New York !

Michel tolérait beaucoup de choses, mais il se faisait respecter en tant que père et jouissait d'une forme d'autorité assez particulière. Les enfants Du-Vrê n'avaient pas vraiment le droit d'inviter des amis à dormir ou à jouer chez eux lorsqu'il était là. Il n'aimait pas le désordre, ni le bruit. Il valait donc mieux attendre qu'il s'absente, parce que, à l'inverse, Beaule leur laissait toutes les liber-

Drouot, salle des ventes

tés. Parfois, la personnalité des parents Du-Vrê se contredisait l'une l'autre, et il était difficile de comprendre le rôle de chacun. Beaule voulait passer pour une « mère cool ». Elle voulait que ses enfants s'amusent, qu'ils soient épanouis, mais aussi qu'ils deviennent comme les autres et se fondent dans la masse. Michel, lui, se fichait bien des autres. Il avait ses idées et ses traditions que tous devaient respecter.

Les Noëls et les anniversaires étaient les pires « rituels » de Michel. Il n'y avait rien de plus angoissant que ces coutumes-là. Les Du-Vrê détestaient les cérémonies de célébration, et n'avaient jamais envie de fêter quoi que ce soit. D'ailleurs on comprenait mal pourquoi Michel, qui était pourtant comme ses enfants, n'était pas du même avis. Peut-être qu'il espérait voir naître dans son foyer une certaine coutume familiale qui lui aurait donné l'air plus « normal ». Ils pourraient alors former ensemble une famille ordinaire, aux habitudes et aux traditions classiques et plaisantes.

Michel essayait sans doute de (se) convaincre que célébrer Noël et les anniversaires de chacun serait une bonne chose pour tout le monde. C'était

Une famille

sa façon à lui d'oublier qu'il s'agissait d'un événement religieux ou d'une année de plus à compter. Mais peut-être aussi que Michel voulait seulement créer une atmosphère festive, et s'amuser en famille ? Sans voir qu'il suscitait, au contraire, beaucoup de tracas et de désagréments pour ses enfants. Même si cela leur permettait de se réunir tous ensemble, l'organisation de toutes ces « festivités » et leur déroulement généraient beaucoup de stress.

Michel aimait les repas en famille. Et à Noël, il était impossible d'éviter l'une des trois célébrations imposées. Le jour du 24, ils déjeunaient tous au restaurant. Peu importe lequel, il ne devait seulement pas se trouver trop loin de la Madeleine. Après cela, il fallait aller acheter le sapin, et trouver, chez Old England, des cadeaux pour chaque membre de la famille. Puis ils rentraient, décoraient le sapin, déposaient les cadeaux sous les branches et dînaient avec Marguerite et la famille de Philippe. Ce que Wilo préférait dans cette période était les trajets en taxi le soir de Noël. Elle trouvait la nuit très sombre. Sa mélancolie et son froid lui plaisaient. Elle regardait le ciel en espérant y voir le père Noël (jusque tard dans son adolescence !), mais il ne vint jamais.

Drouot, salle des ventes

Secrètement, Wilo adorait Noël, et Michel devait le savoir parce qu'il lui avait écrit et illustré un livre décrivant leurs traditions, leurs habitudes et les activités qu'elle aimait faire en famille qu'il avait intitulé *Wilo prépare Noël*. Entre leurs 8 et 10 ans, Michel publia un livre pour chacun de ses enfants. Celui pour Pénélope se passait sous la mer et son héroïne était une sirène; celui pour Homère au pôle Nord, avec son ours Ba. Wilo ne se lassait jamais du sien, et le lisait même en été.

Le matin du 25, les taies d'oreillers déposées la veille près de la cheminée s'étaient remplies dans la nuit. Le père Noël était passé, à l'anglaise. Il avait mangé ses clémentines, bu son lait et laissé à tous les enfants Du-Vrê (même les plus âgés) des cadeaux. Quand ils étaient petits, ils se levaient tôt, pressés de les ouvrir. Encore à l'anglaise, il fallait passer la journée à la maison, à se gaver de pudding et de sa crème au brandy; mais souvent, l'ambiance n'était pas sympathique. Peut-être que c'était parce qu'il s'agissait d'un jour férié? Tout était fermé. Il faisait froid, et il n'y avait décidément rien pour amuser une famille qui avait déjà du mal à se supporter un jour ordinaire. De plus, Beaule était débordée avec la fête du soir, qui était souvent assez réussie.

Une famille

La tradition de cette soirée était née de l'invitation répétitive des Niadomi (Anna, son mari et leurs deux filles), des amis très proches des Du-Vrê, à venir partager le repas. Ils s'amusaient toujours. D'année en année, d'autres invités étaient venus participer à la fête, mais elle était restée agréable. Beaule était assez douée pour ce type d'hospitalité. Elle aimait les mondanités, et recevoir lui plaisait.

En dehors de ce genre de célébrations, d'autres rituels existaient. Le samedi par exemple, les enfants Du-Vrê ne voyaient pas leurs amis, et n'avaient pas le droit de faire ce qu'ils voulaient. Ils se faisaient réveiller à l'heure pour le déjeuner. Ils allaient ensuite chez Juvenile's, un restaurant de la rue de Richelieu, où chacun commandait toujours la même chose : une saucisse-purée (sans chutney) pour Michel et de la tortilla pour Beaule. Michel et ses enfants allaient souvent au restaurant car Michel ne cuisinait pas. On prend vite des habitudes, surtout les mauvaises. Et les Du-Vrê avaient pris l'habitude de s'habituer à ces habitudes.

Michel choisissait des restaurants curieux – et pourtant assez ordinaires –, toujours de manière

Drouot, salle des ventes

aléatoire, parce qu'il se fichait de l'endroit. Même si Beaule lui avait toujours reproché d'être trop snob, Michel pouvait se nourrir n'importe où et de n'importe quoi. Beaule, elle, avait été élevée dans la vulgarité et le mauvais goût, mais depuis que Michel lui avait montré ce qui était « bien », elle ne voulait plus aller que dans les endroits où il « fallait aller ». Comme si leurs rôles s'étaient inversés avec les années.

Michel n'avait aucun intérêt pour ce genre d'endroits. Il savait quels étaient les bons restaurants, et les distinguait facilement des mauvais. Il était sans prétention, et ne jugeait un restaurant qu'en fonction de critères pratiques : il voulait manger correctement, et près de chez lui. Pour lui, le repas n'était pas un événement social. À l'inverse de Beaule qui adorait, par exemple, aller chez Davé, un vieil ami chinois de Michel plein d'humour. Il tenait un restaurant où le Tout-Paris avait défilé et ses anecdotes et potins mondains la faisaient rêver.

Finalement, les Du-Vrê ne passaient donc que très peu de moments chaleureux chez eux. Beaule n'avait pas su comment réunir sa famille, encore moins autour d'une table. On ne sait pas si c'était sa cuisine qui était mauvaise, ou sa compagnie ; mais elle préparait rarement des repas à la maison.

Une famille

Sans qu'ils s'en rendent compte, cela avait sans doute marqué les enfants.

Michel avait inventé des jeux pour eux trois, qu'ils faisaient tous semblant de détester... Par exemple, il tirait sur les deux pieds du collant d'une de ses filles et les nouait ensemble en faisant un grand nœud. Il leur était impossible de courir pour s'échapper, et cela les faisait hurler de rire. Il y avait aussi le « tickling to death[1] », auquel les enfants devaient échapper en courant plus vite que leur père. Et si Michel réussissait à les attraper, et que les enfants se faisaient chatouiller à n'en plus finir, tout le monde mourait, mais de rire.

Michel avait encore bien d'autres jeux; il adorait mettre des claques aux autres avec leur propre main; serrait la main d'inconnus dans la rue en leur demandant « Comment vas-tu ? » (en les tutoyant); sonnait à tous les interphones des foyers dont il trouvait le nom risible, ou faisait des canulars téléphoniques en choisissant ses victimes dans l'annuaire... Il y avait aussi le Truc, le Tanroub, le Boruchine, le Prouchnayouyou, et tant d'autres...

---

1. Chatouillis à mort.

Drouot, salle des ventes

Beaule trouvait toutes ces blagues stupides et préférait partir en voyage ou s'occuper d'elle-même. Elle avait sa vie. Elle sortait souvent et ses amis ne ressemblaient pas à ceux de Michel : ils étaient souvent très mondains, assez « mode » et superficiels.

La complicité, les jeux et les blagues qui existaient entre Michel et ses enfants isolaient forcément Beaule. Elle avait sans doute le sentiment de « rater » quelque chose, de ne pas faire partie du petit monde que les enfants et Michel s'étaient créé sans elle. Peut-être même que cela la peinait occasionnellement. Au retour de ses trois semaines et demie passées en Inde, en Nouvelle-Zélande, ou à Samoa, elle se retrouvait bannie de ce petit clan qu'elle avait elle-même choisi de quitter.

Ce n'était pas touchant, parce qu'elle ne se sentait pas vraiment exclue – sinon pourquoi serait-elle partie seule pendant six mois à l'autre bout du monde ? Elle percevait un certain regret et une forme de rejet, voilà tout.

Elle avait cette étrange manie de penser qu'après s'être absentée de chez elle, et avoir laissé ses trois enfants et son mari pendant si longtemps, tout le système familial devait se remettre en place

Une famille

par magie, comme un puzzle qui aurait momentanément été troublé par son absence et qui, dès son retour, aurait dû se reconstituer de lui-même pour former l'image qu'elle voulait donner de son foyer aux autres ; celle d'une famille aux habitudes fixées et au quotidien socialement enviable. Dans ce foyer parfait, selon Beaule, le père avait la responsabilité de subvenir aux besoins et aux plaisirs matériels de sa famille ; et la mère, n'ayant rien à faire, devait s'occuper de sa maison. Beaule adorait faire mine d'être dévouée à sa famille, mais en réalité elle se fichait bien de la vie de ses membres, et sa maison ne devait sa propreté qu'à Nylie, le véritable homme au foyer. Pour Beaule, la vie des autres était un petit théâtre ; il fallait s'y intéresser, la questionner, et la mettre en scène, uniquement pour pouvoir être distraite en permanence, au profit des autres.

Les membres de sa famille n'étaient plus désormais des individus, mais les simples jetons d'un jeu de société, les pièces d'une dînette, les membres d'une famille qui était sa propriété, et qui devait toujours être impeccablement tenue, parce que l'opinion des autres importait plus que tout. Vers la fin, c'était devenu la seule chose qui comptait pour Beaule. Et c'est sans doute à cause de cela,

Drouot, salle des ventes

que le jeu ne fonctionnait plus. Et peut-être était-ce contre cet ordre bancal que Pénélope, sensible comme elle l'était, se rebellait secrètement.

Tout cela avait détruit l'atmosphère désopilante qu'il y avait parfois eue chez les Du-Vrê. Avec le temps, les membres de cette famille ne pouvaient plus se supporter. Les parents étaient rarement présents, et ne s'aimaient plus. Avec toutes ces maladresses et ces manques, il y avait chez les Du-Vrê plus de mépris qu'il n'y avait d'amour. Michel était tombé amoureux de Beaule parce qu'elle avait rejeté son côté Feldman, et il ne l'avait pas épousée pour qu'elle retourne sa veste et devienne encore plus Feldman qu'aucun Feldman. Mais ce fut le cas.

Avant cela, les Du-Vrê vivaient dans une sorte de déséquilibre équilibré, mais ils aimaient cela. Il était drôle et léger pour eux, comme pour les autres, et personne ne pensait que cela pourrait (ou devrait) changer. Tous se complaisaient dans cette mésentente. Après tout, quel intérêt y avait-il à savoir comment cela se passait ailleurs ? Ce qui compte, c'est d'être bien là où l'on est. Et les Du-Vrê avaient été heureux jusqu'à présent. Oui, au fond, on peut dire qu'ils s'aimaient bien.

Une famille

Jusqu'au jour où Michel se lassa de Beaule, où il refusa d'assister à la bataille qu'elle et Pénélope avaient ouverte, où il vit qu'il n'était pas normal que sa femme et sa propre fille passent leur temps à essayer de s'entre-tuer, et où il comprit finalement que ce déséquilibre n'était plus équilibré. Alors qu'il se déséquilibrait, il prouvait bien qu'un « déséquilibre déséquilibré » ne crée pas un équilibre. Au contraire.

Chapitre 6

Rue Fizeau

Pendant ses trois dernières années de lycée, Wilo dormait souvent chez Pénélope et Maurice. Elle y était bien reçue. Ils avaient tous trois leurs brosses à dents dans le même verre. Elles étaient de la marque Inava : très simples et plutôt jolies. On pouvait en choisir la couleur. Les couleurs des « chirurgicales » n'étaient pas aussi belles, mais c'étaient celles qu'ils préféraient parce qu'elles brossaient le mieux. La sienne était blanche, celle de Pénélope rose et celle de Maurice d'un bleu turquoise : le plus foncé qui existait.

Elle était presque comme leur fille, mais elle n'aurait pas pu être leur enfant : ils étaient trop jeunes pour être parents, et Wilo aurait été trop vieille et trop indépendante. Parfois, pour rire, elle appelait Pénélope « Maman ». C'était un jeu, mais sans l'être vraiment.

Une famille

Leur maison n'était pas loin de l'école de Wilo et se trouvait dans une toute petite rue du fin fond du XVe arrondissement, la rue Fizeau, juste avant la porte de Vanves. Bien que très excentré et assez sinistre, ce quartier gardait un côté convivial qui le rendait agréable à vivre. Ils y passaient de bons dimanches. Cette distance villageoise du cœur de Paris avait quelque chose de familial que n'avait jamais eu l'appartement de la rue des Filles-Saint-Thomas.

La maison était une vraie maison, avec un jardin et tout le reste. Elle était assez étrange et ressemblait à un petit cube. Maurice avait peint une fresque multicolore sur la façade extérieure donnant sur la rue, et le mur opposé était entièrement fait de verre. Ils louaient ce petit cube à André Trichanh, un producteur à demi vietnamien, qui habitait la maison voisine (bien plus grande) avec laquelle ils partageaient le chat et le jardin. Celui-ci ressemblait à une jungle moderne, et il était très plaisant d'y être pendant l'été, même s'il attirait toutes sortes de bestioles, moustiques, moucherons, et mouches, et parfois même des rats. Les tortues de Pénélope (Gilbert et George) s'y plaisaient beaucoup.

Maurice avait peint le sol de leur foyer en polyuréthane noir et il se fâchait lorsque les invi-

Rue Fizeau

tés rentraient dans la maison avec des talons, ou même des souliers plats. Il aimait les meubles scandinaves des années 50, et ceux des ensembliers du XXe siècle, tels que Prouvé, Paulin, ou encore Eames. Ils n'avaient pas vraiment les moyens d'acheter ce type de mobilier, mais ils allaient aux puces de Vanves tous les week-ends, et de temps en temps ils avaient la chance de trouver une pièce signée pour peu cher. Pénélope, elle, ne s'y intéressait pas vraiment ; elle préférait plutôt chercher des petits ornements de décoration et des minuscules objets à disposer sur ses étagères, ou encore des nappes et des serviettes brodées.

Ils avaient déniché un beau portant industriel qu'ils avaient placé sur une sorte de mezzanine qui servait à la fois de dressing et de chambre à coucher pour Wilo. La chambre principale n'était pas bien grande, et comprenait un lit posé à même le sol, une rangée de livres empilée juste à côté, et une lampe de chevet en forme de cube noire. La salle de bains était basse de plafond, mais elle était parfaite pour Wilo car elle avait un petit placard pour ranger le nécessaire dans lequel elle pouvait s'asseoir pour discuter avec sa sœur lorsqu'elle prenait son bain.

À l'étage du bas, une immense pièce servait de salon, dans laquelle un vidéoprojecteur leur per-

Une famille

mettait de regarder des films sur l'un des murs. Cette maison était peu pratique et loin de tout, mais on s'y sentait bien. Maurice revenait toujours avec des surprises qu'il avait trouvées on ne sait où, louait souvent des films pour eux trois, et achetait parfois des bêtises dans l'un des automates alimentaires du quartier pour s'amuser, ce qui faisait beaucoup rire Pénélope et Wilo.

Ils mangeaient tous trois des plats que Pénélope avait préparés ou des repas qu'ils se faisaient livrer. Surtout, ils se parlaient. Souvent ils se disputaient, mais ils s'aimaient. Ils s'entendaient très bien. Ils avaient su créer un esprit de famille et une ambiance chaleureuse dont Pénélope et Wilo avaient été privées auparavant. Elles avaient dû se reconstruire tout cela elles-mêmes.

Wilo était devenue trop grande pour tous les passe-temps ludiques qu'elle partageait avec son père. Ils étaient le fruit de leur relation. Elle l'adorait et lui l'aimait, d'un amour paternel. Elle était sa fille. Et qu'ils passent du temps ensemble ou pas, cela ne changeait rien à cet amour, au contraire.

Beaule, en revanche, avait ses principes et ses idées préconçues sur ce qui devait se faire ou non dans une famille. Elle n'acceptait pas que Wilo

Rue Fizeau

aille dormir dans un autre lieu que celui qu'elle lui avait assigné en sa qualité de mère. Ni qu'elle se fasse « adopter » par un autre foyer que le sien. Pourtant elle n'était jamais là ; de quoi se mêlait-elle ?

Mais ce que Wilo reprochait à sa mère venait de plus loin. Elle lui en voulait de ne pas avoir été une mère dont l'autorité aurait été justifiée. Beaule n'était pas une mère en qui on pouvait avoir confiance. Elle n'était pas une mère qui était là. On ne pouvait jamais compter sur elle. Elle n'était là que pour elle-même et ne faisait que ce qui lui plaisait. Ses devoirs maternels servaient seulement à lui donner bonne conscience.

Elle faisait partie de l'APE (l'Association des parents d'élèves) et mettait un point d'honneur à être présente à chacune de leurs réunions. Elle ne revenait de ses voyages que pour y assister. Cela mettait Wilo hors d'elle. Elle trouvait qu'à 16 ou 17 ans, pour une élève dont les notes allaient de A+ à A –, il n'était pas nécessaire que sa mère soit si investie dans sa scolarité.

Elle ne le faisait que pour donner l'impression d'être une bonne mère. Mais en réalité, elle n'était jamais là ; et quand elle l'était, elle s'occupait à

Une famille

peine de savoir comment Wilo ou Michel allait manger. Elle se rendait à ces réunions et se préoccupait des notes de Wilo avec le même intérêt que celui qu'elle montrait pour son travail bénévole : un intérêt factice, une sorte d'hypocrisie avec laquelle elle avait sans doute été éduquée malgré elle.

Elle faisait partie de deux associations, l'une pour la lutte contre le sida et l'autre pour venir en aide aux dépressifs. Deux fois par mois, ou moins, elle s'enfermait trois heures et demie dans un petit bureau à côté de la place de l'Étoile, et elle répondait au téléphone. Elle utilisait un pseudonyme (qui n'était rien d'autre que le troisième prénom de Wilo : Mars), et écoutait, soi-disant en toute confidentialité, qui voulait appeler en essayant de le conseiller. Le soir, assez fière de ce qu'elle pensait avoir accompli, elle rentrait et s'en vantait. Elle disait que son travail était d'une importance primordiale pour la baisse du taux de suicide des Anglo-Saxons en France (à qui ce numéro de téléphone était réservé).

C'était sans doute vrai. Personne ne va reprocher à Beaule d'avoir aidé des gens à ne pas se suicider. Mais elle avait cette manie de ne vouloir faire le bien que pour en être félicitée après, et pas simplement pour en avoir fait profiter autrui.

Rue Fizeau

Il ne s'agissait pas de véritables actes de générosité, seulement de « bonnes actions » – typiques en quelque sorte – qu'elle faisait pour avoir l'air d'être quelqu'un « de bien ». Mais c'était trop facile. Il faut d'abord balayer devant sa propre porte avant de balayer devant celle des autres.

Ses associations, son bénévolat étaient aussi un prétexte pour lui permettre de partir en voyage on ne savait où, à l'autre bout du monde, avec on ne savait qui, pour assister à une conférence sur on ne savait quoi. Alors, elle profitait du billet d'avion pour passer plus de temps dans le pays dans lequel elle se trouvait, sans doute accompagnée d'un de ses amis secrets… Wilo ne s'en plaignait pas, et n'était pas la seule à se réjouir de ces déplacements. La relation que Beaule et ses deux filles entretenaient était tumultueuse depuis que Wilo était entrée dans l'adolescence. Son absence était un soulagement plutôt qu'un manque pour toute la famille.

Pour être honnête, Wilo n'était pas une adolescente difficile. Calme, bonne élève, aimant les intrigues parfois (uniquement lorsqu'elle n'y était pas mêlée), anti drogues ou alcool, pas tellement garçons, ni sorties d'ailleurs, elle s'entendait assez bien avec tout le monde : son père le premier, mais

Une famille

aussi ses frère et sœur, sa marraine, ses amis… Les amis de ses parents l'auraient bien prise comme fille et ses grands-parents la voyaient comme une petite-fille modèle.

Cela n'empêchait pas ses grands-parents de vouloir arranger les choses avec sa mère. Le grand-père paternel de Wilo était vietnamien. Au Viêt Nam on doit une éternelle reconnaissance à ses parents pour nous avoir mis au monde ; et cette « tradition » lui était restée chère. Chaque fois que ses petites-filles partaient de chez lui, il leur donnait des Mentos aux fruits (ou à la pomme), avec un billet de vingt ou cinquante francs. En échange, il leur demandait d'être gentilles avec leur mère parce que c'était leur mère et qu'elles lui devaient du respect.

Il n'avait pas tort. Elles devaient du respect à leur mère parce qu'elle était leur mère, et pour aucun autre motif. Cette raison suffisait. Mais Beaule se plaignait en permanence. Elle appelait Marguerite et se lamentait pendant des heures à propos de ses filles. Pénélope et Wilo étaient alors convoquées à déjeuner.

Elles y allaient parce qu'elles adoraient Marguerite, et qu'elle faisait bien la cuisine. Mais la leçon de morale qui les attendait après le repas était loin

Rue Fizeau

d'être une partie de plaisir. Beaule faisait la même chose avec Anna, la marraine de Wilo, qui était, à l'origine, une de ses meilleures amies. Anna et Beaule s'étaient disputées car, si Beaule demandait toujours conseil, elle était têtue et n'écoutait jamais rien.

Wilo avait appris que sa marraine serait chargée de prendre soin d'elle si sa mère venait à disparaître ou à mourir, et, depuis, elle espérait secrètement qu'un jour Beaule disparaîtrait pour qu'Anna puisse prendre sa place. Peut-être est-ce parce qu'elle l'avait espéré si fort que sa mère s'était tant de fois évaporée. Mais Anna, elle, était toujours là pour Wilo. Elle était douce, gentille et bienveillante. Elle écoutait tout ce que lui racontait Wilo avec une grande curiosité, bien qu'elle ne fût elle-même pas très téméraire, et qu'elle pût se montrer extrêmement peureuse dans certaines situations. Les traits de son visage parfaitement harmonieux reflétaient sa grande générosité, et, si on avait dû faire une caricature d'elle, il aurait fallu dessiner un être si petit qu'on aurait pu le tenir dans la paume de sa main, car Anna était minuscule. À l'inverse de son mari qui mesurait plus de deux mètres et avec qui, de la sorte, elle formait un couple très équilibré.

Une famille

Celui qui subissait vraiment les complaintes de Beaule en permanence était son pauvre mari. Tous les soirs ou presque, dès qu'il y avait un malentendu, c'était vers lui qu'elle se tournait. Elle lui faisait du chantage : « Parle à tes filles, sinon c'est moi qui ne te parlerais plus », lui disait-elle en l'accusant d'être un mauvais père. En cas de conflit, elle le plaçait entre elle et ses filles. Or, parce qu'il s'entendait bien avec ses filles, elle le tenait pour responsable du mépris que celles-ci lui portaient, et jalousait, sans le dire, leur relation. C'est ainsi qu'elle le perdit, ce mari dont elle ne s'occupait plus et qu'elle accusait de tout.

Comment faisait-il pour supporter ce traitement ? Ne trouvait-il pas que Beaule exagérait ? Pourquoi le mêlait-elle à tous ces problèmes qu'elle avait elle-même provoqués ? C'était injuste, et difficile à comprendre. Pénélope et Wilo aimaient véritablement leur père, et elles chérissaient la relation, certes distante mais privilégiée, qu'elles avaient avec lui. Avec une mère si compliquée, capricieuse et égoïste, et cette vie de famille si particulière, elles n'auraient pas aimé voir leur relation avec Michel disparaître avec le reste.

Beaule avait manqué de comprendre une chose simple. Un mariage, comme une bonne relation

Rue Fizeau

avec sa fille, ce n'est pas difficile, et c'est même facile à préserver et à entretenir. Avec un peu de travail et un minimum de précautions, quelques petits détails auraient suffi à faire la différence. De simples gestes attentionnés auraient pu l'aider à sauver son mariage et donner de l'équilibre à sa vie de famille. Un repas préparé pour tout le monde, un bouquet de fleurs mis sur la table, un câlin, rien de plus. Tout, sauf le silence glacial qui retentissait rue des Filles-Saint-Thomas. Ce silence, Wilo n'en pouvait plus de l'écouter, seule, sans ses frère et sœur, dans sa grande chambre vide.

Finalement, la personne dont elle était le plus proche était Nylie. Le jeune homme au pair sri-lankais qui travaillait pour sa famille depuis plus de vingt ans, était certainement le personnage le plus formidable, attachant et loyal que Beaule et Michel auraient pu trouver. Il avait emménagé chez les Du-Vrê alors qu'il était à peine âgé de 20 ans, et les avait tout de suite appelés papa et maman, comme si cela était naturel et évident. Il avait quitté leur foyer de nombreuses années plus tard, mais seulement pour fonder le sien. Il s'était ainsi marié avec une Malaisienne aussi tendre que lui, avec qui il avait eu deux enfants, un garçon puis une fille, que Wilo enviait parfois. Nylie

Une famille

continuait cependant à venir faire le ménage chez les Du-Vrê chaque matin, avant de partir accomplir des tâches plus édifiantes chez des personnes sans doute plus stables et moins folles que les Du-Vrê, mais pour qui il n'avait peut-être pas autant d'affection. Il revenait ensuite souvent, le soir, non plus pour travailler, mais simplement parce que c'était encore chez lui et que la famille Du-Vrê était aussi la sienne.

Nylie était d'une bonté rare : il savait écouter, rassurer, et surtout, aimer. Lui qui tenait le fort, était toujours là pour les enfants. Il ne s'occupait pas seulement de la maison, mais surtout de Wilo. Évidemment, au moment de sa naissance, il lui avait changé ses couches, l'avait nourrie, et savait la calmer bien mieux que Michel ou Beaule ; ensuite il l'avait même regardée marcher, parler, écrire, tout apprendre pour enfin pouvoir se débrouiller seule... Pour tous, et surtout pour Wilo, il était bien plus qu'un simple membre supplémentaire de la famille ; et pendant les moments pénibles, le rôle qu'il tenait était encore plus important et plus précieux. Wilo se demandait comment ses parents étaient parvenus à rencontrer un homme aussi doux, aussi gentil et aussi fidèle que Nylie. Elle leur en était reconnaissante, parce qu'elle

Rue Fizeau

savait bien que si Nylie n'avait pas été là pour elle, sa survie auprès de ses parents aurait été bien plus difficile.

Quelque part Wilo était bien contente de ne pas avoir de parents. Elle avait ce dont rêvait toute adolescente : de la liberté, beaucoup de solitude et de tranquillité... Elle aurait pu s'en plaindre, certes ; sa mère n'était jamais là, elle ne faisait presque rien avec son père et elle était souvent laissée sans argent. Mais elle ne se plaignait pas. Elle était trop occupée à être déprimée, à ne rien faire, à être toujours seule et à faire ses devoirs correctement. Ainsi, même si elle ne s'en souciait guère, elle n'obtenait jamais de mauvaises notes.

Elle n'était pas particulièrement fière de cela, elle s'en fichait. À vrai dire, Wilo se fichait de presque tout. Elle s'intéressait peu à ce qui était « important » et prêtait plus d'attention aux détails et aux petites choses insignifiantes. Celles qu'elle était amenée à considérer chaque jour. Comme le chemin qu'elle empruntait pour se rendre chez elle ou à l'école. Prendrait-elle le bus ou le métro ? L'escalier, l'ascenseur ou les escalators ? En rentrant, faudrait-il passer devant le kiosque à journaux ou derrière ? Ces petits éléments du quo-

Une famille

tidien apparemment sans importance, elle prenait soin de bien y réfléchir, et elle les notait après les avoir analysés.

Derrière chacun d'eux, elle s'imaginait qu'il y avait une histoire. Et elle perdait son temps à leur inventer une signification. Lorsqu'elle ne faisait pas cela, elle perdait son temps à se demander pourquoi elle était en train de le perdre. Finalement, elle se disait que c'était juste une façon comme une autre de le faire passer, ce temps.

Wilo ordonnait également les lettres des mots qu'elle entendait ou qu'elle lisait de manière particulière. Elle le faisait ensuite avec des chiffres, ou tout ce qui peut se compter. Elle prenait un grand plaisir à réfléchir à l'ordre dans lequel ses livres devaient être rangés. Et elle lisait beaucoup car elle préférait être plongée dans la vie des autres que dans la sienne.

Wilo n'était jamais triste : un vrai caillou d'insensibilité. Elle ne savait pas ce qu'était qu'une émotion. Elle ne les ressentait pas vraiment ; et pour elle, ceux qui avaient des sentiments étaient des faibles. Ils étaient sans contrôle ni discipline. Ils se laissaient aller à leurs sensations sans aucune rigueur.

Rue Fizeau

Cela ne l'inquiétait pas. La vie n'était pas faite pour perdre son temps à s'affaiblir, pensait-elle. Essayer d'être heureux ou de tomber amoureux semblait être, pour Wilo, des passe-temps futiles et inutiles. S'attacher ou se préoccuper de soi-même et de ses caprices personnels était une perte de temps ridicule et excessive. La vie était, pour elle, un mécanisme.

Chacun avait des devoirs. On était là pour les accomplir, le mieux possible et sans poser de questions. Et si Wilo était déprimée, c'était précisément parce qu'elle n'avait encore aucun devoir, ce qui était normal au vu de son âge. Elle avait (et perdait) trop de temps à réfléchir, sans pour autant s'impliquer dans quoi que ce soit. Plus tard, Wilo changerait sans doute, en vieillissant.

*
* *

Beaule avait été différente à partir du moment où Pénélope et Wilo étaient toutes deux devenues des adolescentes. Elle avait eu du mal à accepter que ses filles deviennent des jeunes filles. Elle s'était placée en rivale face à Pénélope d'abord, puis à Wilo. Pénélope et Beaule entretenaient déjà une

Une famille

relation très conflictuelle lorsqu'à son tour Wilo entra dans l'adolescence. Sans bien savoir pourquoi, Beaule voyait l'adolescence de sa fille comme la sienne, comme si c'était elle qui entamait une période éprouvante de sa vie.

Voir grandir Wilo était difficile à vivre pour Beaule. Elles ne feraient plus d'activités communes. Sa dernière petite fille devenait une femme. Mais Beaule s'intéressait peu de savoir comment Wilo traversait tout cela, pas plus qu'elle ne se préoccupait de la personne que Wilo s'apprêtait à devenir. Elle n'avait jamais pris la peine de s'en soucier, ou de se demander pourquoi sa fille s'éloignait. Elle seule importait.

Wilo se rapprochait de sa sœur, une vraie amie, sa seule famille, son alliée secrète. Elles étaient solidaires et enduraient les mêmes difficultés chacune de leur côté. Elles se comprenaient sans avoir à faire d'effort et parfois même sans avoir besoin de se parler, et cela leur faisait du bien de s'avoir l'une l'autre. C'était sans doute une déception pour Beaule (qui devait le vivre comme une vraie trahison), mais elle l'avait assez bien cherché. Inconsciemment, les deux formaient un clan contre lequel Beaule se sentait forcée de lutter, malgré elle.

Rue Fizeau

Elles étaient une menace : deux pestes, à ses dires, qui voulaient s'immiscer dans sa vie privée, et menaçaient sa « réussite sociale ». Mais surtout, elles étaient deux rivales potentielles, plus jeunes, et qui risquaient de ne prendre d'elle que ses qualités en lui laissant ses défauts. Beaule ne parvenait pas à cacher son mépris et sa jalousie. Pour une femme de plus de cinquante ans, cela était pathétique. Mais venant de leur propre mère, c'était aussi honteux. Même si Wilo et Pénélope faisaient mine de l'ignorer, elles avaient beaucoup de peine et ne parvenaient pas à comprendre pourquoi elles recevaient un tel traitement. Finalement, c'était surtout très triste.

Pénélope et Wilo auraient aimé que leur mère les accepte telles qu'elles étaient, pour ce qu'elles étaient, à l'âge qu'elles avaient. Elles auraient voulu que Beaule puisse les aimer enfants, adolescentes puis femmes. Peut-être même que Pénélope et Wilo auraient secrètement voulu avoir une alliée de plus.

Les rapports entre Pénélope et Beaule s'étaient encore détériorés et la famille s'était décomposée. La plupart du temps Pénélope ne vivait plus à la maison. Ainsi, lorsqu'elles étaient en froid, Michel ne voyait plus du tout Pénélope.

Une famille

Wilo, elle, continuait d'avoir une sorte de vie de famille. Mais c'était chez sa sœur, ce qui n'était ni chez elle, ni chez ses parents. Elle regrettait d'avoir été privée d'une vie de famille plus classique et plus saine. Non seulement elle n'en avait pas eu, mais elle avait surtout été privée d'une famille tout court.

La famille Du-Vrê avait perdu ce qu'elle avait de spécial. Leurs façons de faire peu habituelles ne les différenciaient plus des autres, pas plus qu'elles ne les unissaient. Avec le temps, ils s'étaient fondus dans la masse, à force de s'en tenir à l'écart. Et, à présent, ils y étaient dispersés et séparés.

C'en serait bientôt fini des déjeuners du samedi de Michel, organisés et forcés, des dîners ridicules, des rassemblements quelconques, des anniversaires de chacun et des traditions de Noël… Dans le passé, même s'ils s'étaient éparpillés et n'avaient pas l'air d'une famille, il fallait être là à Noël. Quelles que fussent les circonstances. Après toutes ces années, les Du-Vrê ne s'aimaient plus, et cela se sentait. Cela leur avait échappé. Tout s'était envolé ; les Du-Vrê n'étaient plus une famille. Et Michel et Beaule ne seraient jamais plus un couple.

Michel ne supportait plus cette pesanteur. C'était devenu invivable. Beaule sentait qu'elle avait perdu

Rue Fizeau

son mari. Elle prenait un certain plaisir à le provoquer, parce que c'était tout ce qui lui restait. Elle créait des situations de conflit et de grandes scènes de ménage car elles étaient devenues son seul lien d'union avec Michel, le seul moyen d'avoir un peu d'attention, ou même une simple conversation.

Face à la situation, Beaule n'avait aucune solution envisageable. Il aurait fallu qu'elle retourne cinq ou dix ans en arrière. Elle aurait amélioré ses rapports avec Pénélope, serait restée à la maison au lieu de voyager, et se serait occupée de sa famille, ou aurait essayé. Peut-être, alors, aurait-elle pu sauver son mariage. Mais il était trop tard maintenant.

*
* *

Wilo aussi allait partir. Elle avait obtenu une bourse d'étude de 800 euros et partait passer une partie de l'été au Japon. Pour une fois, elle était assez fière d'elle. C'était une grosse somme d'argent à l'époque, pour une jeune fille de 16 ans. Et cet argent venait s'ajouter au prix d'un concours qu'elle avait déjà gagné.

Non seulement Wilo parlait japonais, mais en plus elle adorait ce pays. L'école de Wilo était en

Une famille

effet assez particulière, puisque l'apprentissage du japonais y était obligatoire à partir de la classe de neuvième (les élèves de cette classe avaient alors environ 8 ans). Évidemment, Beaule l'avait ensuite forcée à continuer, et, quelques années après, Michel avait eu une exposition à Tokyo, dans une galerie du quartier de Ginza à laquelle Wilo avait assisté. Pour l'occasion, les parents Du-Vrê l'avaient autorisée à rater l'école pendant deux semaines, car ils voulaient lui faire découvrir le Japon en espérant qu'elle aimerait ce pays étrange et magique. Ça n'avait pas raté. Wilo en avait été enchantée, et avait donc poursuivi ses études de japonais par la suite.

Au début de son année de première, elle avait entendu parler d'une organisation destinée à rapprocher la France de la culture japonaise. Celle-ci offrait un billet d'avion pour Tokyo et 5 000 francs (soit 762 euros) à celui ou celle qui écrirait le meilleur essai, en japonais, sur un sujet de son choix. La seule contrainte concernait la longueur du texte : 5 000 signes.

C'était un concours assez classique. Wilo avait gribouillé une modeste rédaction sur son intérêt pour les jouets et les gadgets japonais. Quelques passages sur sa collection Hello Kitty y figuraient.

Rue Fizeau

Son professeur, Madame Aguematsou, lui donna rendez-vous au café pour lire sa rédaction, et lui en parler. À cette occasion, elle lui dit qu'elle n'avait aucune chance de gagner. Elle l'aida cependant à recentrer son texte entièrement sur Hello Kitty car Wilo n'avait plus le temps de tout recommencer. Mais elle n'avait rien à perdre non plus à envoyer ce qu'elle avait déjà écrit. Elle avait reçu une première lettre de l'Association Japon-France la remerciant du texte qu'elle leur avait soumis. Ils l'avaient bien reçu. Malheureusement, il ne pourrait pas être retenu pour la partie suivante du concours. Une seconde lettre était arrivée plus tard dans le mois, qui lui annonçait qu'un candidat s'était désisté. Wilo prenait sa place et était retenue pour la deuxième partie du concours pour laquelle elle devait préparer une présentation orale à partir de sa rédaction sur Hello Kitty. Madame Aguematsou l'aida de nouveau, et pendant trois jours Wilo récita son texte partout, et à tout moment de la journée (en dormant, en mangeant… tout le temps).

Wilo s'était présentée à la Maison de la Culture du Japon avec toute sa famille et Madame Aguematsou. Elle s'était sentie intimidée, du haut de ses 16 ans, face aux dix-neuf autres candidats, pour la plupart des étudiants (de japonais) à la

Une famille

fac... Certains d'entre eux avaient même presque l'air d'être japonais.

Wilo était jeune ; et elle faisait encore plus jeune qu'elle ne l'était. Peut-être était-ce grâce à cela qu'elle avait remporté l'une des places gagnantes de ce concours. Wilo gagna un certificat, ainsi qu'un billet aller-retour pour Tokyo et un chèque. Elle était ravie. Les deux autres gagnants étaient une Japonaise anorexique qui avait écrit et interprété une remarquable histoire sur le camembert, les *katakana*[1] et les Occidentaux au Japon, et un jeune homme qui avait rédigé un essai d'un niveau de thèse de doctorat plus que de lycée, sur les haïkus. Tout cela était arrivé grâce à Madame Aguematsou, sans l'aide de qui elle n'aurait sûrement rien remporté.

Peu après, Wilo passa son bac de français. Elle fêta ses 17 ans le jour de son oral. Le lendemain de son anniversaire, elle partait seule pour Tokyo.

Wilo était contente de s'enfuir enfin. Elle n'avait pas la moindre idée de ce qui l'attendrait à son retour. Elle quittait une famille sans amour

---

1. Syllabaires japonais souvent utilisés pour transcrire les mots étrangers.

Rue Fizeau

et désunie, mais qui restait sa famille. Elle ne la questionnait pas. Elle avait toujours été ainsi. Elle ne s'entendait que dans la mésentente. C'était comme cela, et pas autrement.

Wilo avait voyagé jusque dans la campagne japonaise, chez Yurie Nagashima, une amie de Pénélope qui était mariée et avait un enfant. Son foyer était chaleureux, et ils étaient accueillants. Ils avaient laissé à Wilo leur chambre, et dormaient sur des tatamis dans le salon avec leur bébé, qu'ils avaient prénommé Rock. C'était un couple punk. Le mari passait la moitié de son temps à Los Angeles avec son groupe de musique. Ils avaient emmené Wilo faire des activités divertissantes et intéressantes.

Ils étaient allés voir la montagne de Totoro, une des espèces animales inventées par Hayao Miyazaki – la préférée de Pénélope –, car Wilo écrivait un autre essai sur Miyazaki. Elle était rentrée le soir épuisée et n'avait pas dîné.

Mais le téléphone l'avait réveillée dans la nuit. C'était sa mère. Wilo lui avait confirmé qu'elle restait plus longtemps au Japon parce qu'elle s'y plaisait. De plus, elle n'avait rien à faire ailleurs, alors pourquoi quitter ce pays ? Beaule avait une voix bizarre, mais n'avait rien dit à Wilo. Plus tard, dans la matinée, Pénélope appela Wilo à son tour.

Une famille

Elle avait quelque chose de triste à lui annoncer. Aurélien s'était tué. Aurélien était le fils d'une amie d'enfance vietnamienne de Michel. Il avait toujours été très proche de Michel. Ils étaient tous les deux artistes, et avaient souvent travaillé ensemble. Ils avaient le même goût raffiné. Et quelque chose d'unique et de mystérieux les unissait.

Outre leur passion commune et le monde de rêverie dans lequel ils semblaient tous les deux se perdre, un lien les rattachait sans que personne ne sache vraiment quoi. C'était leur jardin secret; on ne cherchait pas à y entrer, et c'était normal. Une part de son intimité allait manquer à Michel. Il se sentirait certainement seul.

Beaule l'avait accompagné à l'enterrement. Elle n'y avait pas été à sa place. Elle n'avait jamais su réconforter qui que ce soit, surtout pas son propre mari. Elle encombrait Michel plus qu'elle ne l'aidait.

Pour la première fois ce jour-là, elle avait dit quelque chose de vrai à Anna. Elle semblait même être étonnamment honnête. Elle l'avait dit avec un certain regret que le ton de sa voix trahissait. Michel et elle avaient eu une vie de couple étrange, très souvent vide d'amour. Mais pendant toutes ces

Rue Fizeau

années, avait-elle continué, elle avait senti qu'entre eux, il y avait tout de même eu quelque chose de spécial. Si elle disait cela maintenant, en ce jour précis, c'est qu'elle savait bien qu'elle avait perdu Michel pour de bon. Et que ce quelque chose qu'il y avait eu entre eux n'existait plus.

Peu après, Beaule était repartie en vacances, son passe-temps favori. Elle n'avait pas compris, par elle-même, qu'il fallait laisser son mari seul ; et Michel l'avait conduite de force à l'agence de voyages la plus proche de chez eux. Il lui avait acheté un billet d'avion pour le prochain vol vers Tanger. Il espérait pouvoir enfin se sentir tranquille. Cela aurait été injuste pour lui de ne pas pouvoir souffrir en paix.

En rentrant de Tokyo à la fin du mois d'août, Wilo avait retrouvé ses parents, divisés, sa famille, décomposée, et son pauvre père, plus que jamais déboussolé. Il avait toujours cette impassibilité particulière et son humour singulier, mais n'avait plus d'enthousiasme pour quoi que ce soit. Il avait perdu sa joie de vivre.

Cela ne se remarquait pas immédiatement. Son attitude restait inchangée. Mais son côté sinistre et noir se voyait davantage. Il était triste. Il était

Une famille

difficile de savoir s'il voulait être seul, ou s'il se sentait juste très seul. Son comportement général indiquait qu'il ne voulait d'aide de personne. Il supportait mal la présence de Beaule, déjà rentrée du Maroc, et ne tolérait plus sa compagnie.

Tout le monde pensait qu'il partirait. Ils le savaient. Surtout, ils l'espéraient ; pour son propre bien, et aussi pour celui de la famille. Ils imaginaient qu'il se prendrait un petit studio, Rive gauche ou du côté du VIIIe arrondissement, dans lequel il pourrait mettre toutes ses petites affaires bien rangées.

Il pourrait y être en paix avec lui-même pour travailler, se reposer, et exister enfin. Les enfants iraient souvent le voir et partageraient de nombreux repas avec lui. Michel aimait par-dessus tout ce moment. Ces occasions auraient été idéales pour tous les réunir à nouveau.

Michel se serait peut-être enfin débarrassé de tous ses soucis, qui faisaient de lui un homme rongé par le désespoir et oppressé par sa propre vie – ou était-ce sa femme qui le rendait ainsi ? Ils auraient chacun continué à avoir la même vie, mais avec plus de liberté, moins de problèmes. Michel aurait été plus heureux.

Rue Fizeau

Parce qu'ils avaient imaginé si fort cette vie pour Michel, les enfants Du-Vrê avaient été surpris. Ce que Michel venait de leur annoncer au Lutetia n'avait rien de choquant. C'était même banal, habituel dans cette vie moderne que la plupart des gens s'étaient mis à mener. Cependant, venant d'un homme comme leur père, la nouvelle ressemblait à un coup de théâtre digne d'un mauvais feuilleton américain.

Chapitre 7

Rue des Filles-Saint-Thomas

Alors que les Du-Vrê prenaient à peine conscience de ce qui leur arrivait, les choses commençaient à se précipiter. Pendant quelque temps, Michel continua d'habiter avec Beaule et Wilo. Même dans le plus extrême des cas, les choses ne se font pas du jour au lendemain.

Et la situation était déjà bien loin d'être normale. Beaule avait eu des amants qui se comptaient par dizaines (même par centaines?). Quant à Michel, on apprenait qu'il menait une double vie avec sa nouvelle compagne depuis près de quatre ans.

Michel se trouvait dans l'illusion d'un bonheur proche. Beaule allait pleurer quelques jours, elle s'en remettrait vite, et essaierait ensuite de soutirer à Michel une somme importante d'argent.

Elle deviendrait « riche », enfin. Elle pourrait faire tout ce qu'elle avait toujours voulu faire,

Une famille

toutes ces mondanités, ces voyages… Bref tout ce qui lui plaisait, et ce sans plus avoir à rendre de comptes à qui que ce soit. Plus de mari, plus tellement d'enfants à la maison ; elle pourrait enfin fréquenter ses amis homosexuels, et avoir les amants qu'elle avait depuis toujours, mais ouvertement cette fois. Elle continuerait ainsi à se faire entretenir, à vivre une vie frivole, et à être payée à ne rien faire.

Michel, lui, referait sa vie. Elle serait peut-être similaire à celle qu'il avait déjà eue et dans laquelle il avait échoué. On ne le lui souhaitait pas, mais il n'était heureux que dans son malheur.

Michel avait présenté Bomi à ses trois enfants. Ils étaient allés dîner chez Davé, et elle avait été discrète. Elle portait une blouse rose, et avait délibérément choisi de s'asseoir à une place qui l'isolait, dans un coin à l'abri de ses nouveaux enfants. Il fallait qu'elle fasse leur connaissance, et cela n'allait pas être facile pour elle. Ils étaient trois et elle était seule, avec Michel. Pas des plus sympathiques au premier abord, deux des enfants avaient aussi presque le même âge qu'elle, l'un d'entre eux était même son aîné de quelques mois.

Rue des Filles-Saint-Thomas

Elle se tenait droite, et avait l'air sage, timide et réservée. Elle avait un regard perçant, et des yeux de chat d'une couleur très sombre qu'il était difficile de ne pas trouver sublimes. Elle ne mesurait pas le mètre quatre-vingts que chacun s'était imaginé qu'elle ferait. Pas plus qu'elle n'avait cette jeunesse qu'ils pensaient que son âge lui donnerait. Elle était d'une maturité qu'aucun d'entre eux ne connaissait, loin de là. Elle s'était comportée de manière très digne, et ils s'en étaient souvenus longtemps après. Ils l'avaient trouvée fine, douce et attendrissante, loin de la belle-mère « typique » que les enfants redoutent. Elle ne correspondait pas au cliché habituel et sa culture était, de surcroît, radicalement différente de celle des Du-Vrê.

Au moment de quitter le restaurant, Michel était parti dans la direction opposée à celle de ses enfants pour raccompagner Bomi. Cela leur avait paru étrange, mais ils comptaient bien s'y faire. Michel était devenu un autre homme, il vivait sa propre vie. On se disait même qu'il était un homme amoureux, et qu'il en aurait les attitudes. Avec sa nouvelle compagne, peut-être adopterait-il les manières de Pierre Lachenay avec Nicole dans *La Peau douce* – des gestes d'amoureux, attentionné et hébété. En un sens, c'était touchant.

Une famille

Homère, Pénélope et Wilo rentraient tous les trois à la maison. Homère et Pénélope avaient rejoint Wilo dans le célibat et étaient revenus vivre rue des Filles-Saint-Thomas. Ainsi, les enfants étaient tous réunis de nouveau.

Peu après, Michel avait emménagé dans un appartement de l'autre côté de la Seine. Les enfants habitaient tous trois à la maison, le foyer que Beaule leur avait construit, presque trente ans plus tôt. Homère allait sur ses 27 ans, Pénélope sur ses 25. Si on y réfléchit, les choses auraient pu se passer correctement. L'ambiance aurait été joviale et festive pour Wilo, et surtout pour Beaule : tous ses petits étaient rentrés, et ils étaient là pour elle.

Mais les choses commencèrent à se corser très rapidement. Il était déjà bien trop tard pour agir, et changer l'atmosphère. Michel n'était plus là. Il avait sa vie à régler désormais.

À deux reprises, les filles avaient fait la paix avec leur mère. Chaque fois grâce à Nylie. Mais la trêve ne durait jamais bien longtemps. Arrivé Noël, l'appartement dans lequel les Du-Vrê vivaient à quatre était devenu un champ de bataille familial. Le mot « guerre » n'était rien aux yeux de

Rue des Filles-Saint-Thomas

ce qui se passait entre la mère et ses deux filles. S'allier n'était pas la meilleure des choses à faire pour Pénélope et Wilo. Mais Beaule ne leur laissait pas le choix. Ce n'était pas vraiment contre leur mère qu'elles se révoltaient, c'était plutôt qu'elles n'avaient plus qu'elles-mêmes. Elles n'auraient pas bien su à qui d'autre se rattacher si elles n'avaient pas été là l'une pour l'autre.

À Noël, Nylie leur avait toutes trois fait faire la paix, sans choix. Elles avaient accepté, parce qu'elles y avaient été forcées, à contrecœur. Deux semaines avant, Wilo s'était pourtant battue – au sens propre du terme – avec Beaule. La situation était tellement écœurante, qu'elle en était presque devenue drôle.

Leur dispute la plus violente avait eu lieu à l'occasion de l'anniversaire de Bomi. Wilo lui avait préparé un gâteau au chocolat, certainement pour essayer de se rapprocher de son père, qu'elle ne voyait déjà plus et qui menait une vie bien à lui, bien à eux. Elle l'avait moulé en forme de cœur, et y avait ajouté du piment, parce que Bomi adorait cela. Elle était en retard ; et insouciante qu'elle était, elle avait laissé tous les plats, bols et ustensiles utilisés dans l'évier, sans les laver.

Une famille

Au moment de partir, sa mère était arrivée, trouvant sa cuisine souillée par son adolescente de fille. Elle était furieuse. On ne savait pas si c'était de l'état dans lequel l'évier avait été laissé, ou si elle était jalouse de Bomi. Beaule vint se mettre entre Wilo et l'ascenseur, et s'exprima avec une violence qui la laissa confuse.

Beaule était enragée comme un bull-terrier, féroce comme un jack-russell. Elle voulait détruire le gâteau de Bomi et souhaitait éloigner Wilo de son père, comme s'il ne s'était pas déjà assez éloigné d'elle de lui-même.

Elle était déterminée ; Wilo ne partirait pas avant qu'elle ait lavé tous les plats. Pourquoi cela ne pouvait-il pas attendre, alors que Beaule laissait toujours tout dans l'évier ? Elle avait quelqu'un qui faisait la vaisselle pour elle chaque jour. La situation était absurde, et Wilo trouvait ses arguments insensés ! C'était certain, elle provoquait sa mère, mais elle savait bien qu'il ne s'agissait pas de la vaisselle… Beaule se rebellait contre Michel, sa nouvelle compagne et ce fameux gâteau.

Elle insistait. À vrai dire, peut-être était-elle inquiète parce que c'était samedi et que Nylie ne serait pas là avant lundi… Ou était-ce lié à Michel… ? Peu importait.

Rue des Filles-Saint-Thomas

Encore dans l'ascenseur, Wilo réussit enfin à appuyer sur le bouton RDC, mais Beaule s'était glissée dedans avec elle. Une fois en bas, Beaule poursuivit Wilo dans le hall de l'immeuble. Furieuse, agressive, et brutale, elle se servit de ses longs doigts fins pour s'agripper aux vêtements et aux petites épaules de sa fille.

« Espèce de petite traînée ! hurlait-elle, comment oses-tu partir sans faire la vaisselle ? Et je n'ai pas mes clefs, reviens tout de suite ! » Elle se mit à courir, et saisit violemment Wilo par les cheveux, empoignant une grosse mèche. Son gâteau à la main, celle-ci perdit l'équilibre et se retrouva par terre. Beaule traîna alors sa fille par les cheveux, dans le hall, comme pour le lui faire nettoyer avec son manteau.

La douleur physique et l'humiliation n'étaient pas si pénibles. C'était la peine que Wilo avait eue en voyant sa propre mère la traiter ainsi qui l'avait vraiment marquée et blessée.

Sans comprendre comment, elle s'en était sortie vivante, et son gâteau était resté intact. Essoufflée, à bout, elle avait couru pour attraper le bus, dans lequel elle avait éclaté en sanglots. Une fois calmée, elle avait appelé son frère pour qu'il aille porter une clef à Beaule. Il était furieux. Elle avait aussi

Une famille

appelé Pénélope, pour lui raconter leur bagarre. Mais elle était occupée. Aucun d'eux n'avait été tellement choqué ; ils avaient leurs vies. Alors Wilo avait cessé d'y songer, et avait oublié.

Quelques mois plus tard, alors que Beaule avait déjà barricadé la porte de ses « appartements », Wilo avait tout juste le droit de fermer la porte de sa propre chambre pour s'habiller en privé. La zone de Beaule comprenait sa chambre, une salle de bains, et ce qui avait été l'atelier de Michel. Il contenait encore un grand nombre de ses affaires personnelles et professionnelles. Elle en avait bloqué l'accès avec trois loquets très robustes, et personne – pas même Nylie – n'avait le droit d'y pénétrer.

Wilo n'en pouvait plus. Lorsqu'elle rentrait de l'école, elle trouvait souvent sur son bureau un vieux pot de yaourt de la marque préférée de Beaule (Taillefine), une cuiller sale, ou le téléphone portable de sa mère sur sa table de chevet... Un objet dont elle ne se séparait jamais, au point de le prendre avec elle dans les toilettes, ou de le cacher dans son soutien-gorge. Sauf lorsqu'elle l'oubliait dans la chambre de Wilo, trop occupée à fouiller dans ses tiroirs et à y trouver – qui sait – des lettres, des cahiers de classe, de l'argent, un journal intime... Qu'elle ne se privait pas de feuilleter, ou de lire attentivement.

Wilo allait parfois à la banque ou chez le médecin, pour découvrir que sa mère leur avait déjà rendu visite, et qu'elle s'intéressait encore à elle. Pourquoi ne venait-elle pas se renseigner directement auprès de Wilo dans ce cas ? Elles habitaient ensemble. Si Beaule voulait de ses nouvelles, elle n'avait qu'à lui en demander au lieu de s'immiscer dans sa vie privée avec indiscrétion.

Avait-elle peur que Wilo ne l'envoie promener ? Peut-être. Néanmoins, Wilo était une adolescente de 17 ans assez secrète qui voulait peut-être un peu d'intimité et de respect.

Wilo ne comprenait pas pourquoi lorsqu'elle avait, à son tour, tenté d'installer un cadenas sur sa porte, Beaule avait déposé une main courante contre elle au commissariat. Quel en était le motif ? « Tentative d'installation de loquet sur porte, menace avec marteau sur sa mère » ? C'était pourtant Sven, un garçon que Beaule adorait, qui avait tout bricolé pour Wilo. Elle n'avait pas le souvenir d'avoir utilisé ce marteau... Avec cette main courante, Beaule avait dépassé les limites et son attitude n'avait plus aucun sens. Son agressivité

Une famille

avait pris une ampleur trop importante pour pouvoir être ignorée plus longtemps.

Wilo n'avait pas besoin d'une mère comme Beaule. Si elle voulait connaître la situation de son compte bancaire, elle n'avait qu'à la lui demander. Si elle était inquiète de sa santé, pourquoi ne lui en parlait-elle pas ? Et si elle avait envie de passer du temps avec sa fille, elle n'avait qu'à frapper à sa porte. Pas la peine d'impliquer son avocat, et encore moins la police.

Leur famille, ainsi réduite à quatre, continuait donc d'éclater. Homère sortait, il menait sa vie, et restait impassible face à la situation. Pénélope s'occupait de son nouveau couple, et c'était un travail à plein-temps. Wilo allait à l'école, voyait des copines qu'elle n'aimait pas plus que cela, et essayait d'étudier ou de faire passer le temps comme elle le pouvait.

Le réfrigérateur était toujours vide. Ils devaient se débrouiller seuls, parce qu'ils étaient en âge de le faire, disait Beaule. Pénélope ne travaillait pas, Homère non plus ; mais Wilo avait obtenu une carte bancaire avec laquelle ils allaient souvent au restaurant. Elle était devenue la meilleure cliente du Crédit Lyonnais parce qu'elle dépensait de

Rue des Filles-Saint-Thomas

l'argent, sans jamais en gagner. Elle n'en recevait pas non plus, et était sans arrêt à découvert. Wilo voyait Michel assez rarement, et Beaule refusait de les aider financièrement.

La cuisine était trop sale pour y préparer quoi que ce soit. Lorsque les enfants tentaient de l'utiliser, Beaule sortait de sa chambre pour venir les espionner ou les embêter. Elle se mêlait de leur vie, sans pour autant vouloir y participer, ni l'améliorer. Il était difficile d'exister paisiblement chez eux, et cela les étouffait tous.

Ils s'endettaient donc au restaurant, et devaient s'acheter leur propre papier hygiénique, leur lait, leur poudre pour la lessive… car Beaule cachait les rouleaux de papier toilette on ne sait où, et lorsque ses enfants les lui demandaient elle leur répondait d'aller s'en acheter eux-mêmes ou de voir ça avec leur père.

Mais Wilo le voyait peu, et elle sentait que ce n'était pas tellement une histoire financière, ou de papier hygiénique, et que cela remontait plus loin. Pourtant, la raison pour laquelle Beaule voulait absolument y mêler ses enfants restait un mystère.

Finalement, Beaule n'avait plus eu à se plaindre de ses enfants. Après ces histoires de main cou-

Une famille

rante et de bagarres, Wilo était allée voir son censeur, Madame Roubignol, parce qu'elle ne savait plus très bien où se mettre, ni vers qui se tourner, et qu'elle avait besoin de conseils. Celle-ci lui avait suggéré de déménager. « Ah bon, et où cela ? » avait demandé Wilo. « Je ne sais pas, chez votre père. »

Madame Roubignol lui avait expliqué que si c'était si compliqué à la maison, il serait peut-être préférable pour Wilo d'évoluer et d'étudier dans un autre environnement : « Si tu restes vivre chez ta mère, tu vas sombrer dans une grave dépression et vous finirez toutes les deux par vous entre-tuer. Il faut déménager au plus vite. » Mais où irait-elle cette petite Wilo ? Chez Marguerite ? Elle y avait déjà vécu deux mois au début de l'année, et ne voulait plus la déranger. Chez Michel ? Difficile pour elle d'imaginer cela, avec la récente naissance de son petit frère Cyrus, l'absence de chambre, l'âge de Bomi… Mais elle n'avait plus vraiment le choix. Un jour, elle trouva accrochée sur la porte de sa chambre une lettre qui lui demandait de partir. Beaule y disait qu'elle l'aimait, et qu'elle était désolée, mais elle trouvait qu'elles ne « s'entendaient plus assez bien pour cohabiter ».

Wilo trouvait cette lettre et sa proposition étranges. Après tout, il ne lui restait plus qu'un mois

Rue des Filles-Saint-Thomas

ou deux avant son baccalauréat. Elle et sa mère n'avaient qu'à se tenir à carreau jusque-là, et tout irait mieux ensuite. Elle serait contente d'avoir passé ses examens, et son déménagement en Angleterre pour aller à l'université réglerait la situation. Peut-être même que la distance entre les deux pays rapprocherait Beaule et Wilo, qui sait ?

Wilo ignora donc la lettre ce jour-là, puis le suivant, et celui d'après. Elle évita Beaule la semaine entière. Et lorsque Michel lui passa un coup de fil pour lui dire que l'avocat de Beaule avait demandé à son avocat de lui demander de demander à Wilo si elle pouvait venir habiter chez lui, Wilo l'avait plus ou moins ignoré lui aussi. Mais après quinze jours, Michel était venu chercher Wilo ; c'en était fini pour elle de la rue des Filles-Saint-Thomas.

Chapitre 8

Place du Palais-Bourbon

Wilo avait emprunté une petite valise grise monogrammée. C'était une trouvaille de Pénélope. Elle l'avait reçue d'une sorte de tante ou de cousine éloignée d'Angleterre. C'était une valise idiote. Elle était dure, et donc très lourde même vide. Elle était surtout microscopique ; on ne pouvait presque rien y mettre.

Wilo avait pris avec elle une robe pour le lendemain, ainsi qu'une chemise, quelques dessous, un livre, et des affaires de classe, mais pas toutes. Si elle remettait la jupe qu'elle portait ce jour-là, elle aurait de quoi se faire une tenue pour le surlendemain.

Elle avait apporté une brosse à dents ; mais elle avait laissé tous ses produits de toilette. Elle les partageait avec sa sœur, et elle savait que si elle les emportait, celle-ci se retrouverait sans rien. Beaule n'aurait jamais accepté de lui prêter la moindre chose, alors du shampooing...

Une famille

Wilo avait donc le choix entre se laver les cheveux avec le shampooing de son père (un shampooing Head & Shoulders qui sentait le nettoyant pour WC, rendait les cheveux plutôt gras et leur donnait une drôle de texture) ou bien utiliser le shampooing africain pour cheveux crépus que lui aurait sûrement prêté Bomi.

Ce n'était pas tellement d'avoir à choisir entre ces deux sortes de shampooing qui la tourmentait. Ce qui était dur, c'était d'avoir dû quitter le seul appartement dans lequel elle avait vécu depuis sa naissance. Wilo y avait laissé la seule chambre à laquelle elle se sentait attachée, et cela pour aller vivre provisoirement dans l'appartement que son père avait aménagé pour sa nouvelle famille à laquelle elle n'appartenait pas véritablement. Aucune des chambres à coucher n'était libre, et Wilo avait été installée dans une énorme pièce vide au fond du couloir qui servirait d'atelier à son père dès qu'elle s'en irait.

La pièce était froide et impersonnelle. Wilo ne s'y sentait pas vraiment accueillie, ni attendue. Le premier soir, elle avait dormi sur un matelas fait de mousse dans une sorte de sac de couchage. Elle ne l'aimait pas parce qu'il était mauve foncé et

Place du Palais-Bourbon

doublé d'un motif fleuri avec des couleurs jaunes, vertes et orange. On se sentait un peu en Afrique dedans. D'ailleurs cet appartement, qui se trouvait pourtant en plein cœur du Paris des ministères et des ambassades, était un petit coin d'Afrique, ce qui était plutôt comique. Cela faisait rire Wilo, et l'amusait.

Pour y entrer, on devait pousser une très grande porte de la place du Palais-Bourbon, qui donnait tout de suite sur une ravissante cour, au milieu de laquelle Michel avait transformé une grande plate-bande en jardin succulent. Il y avait fait pousser des fleurs, des plantes, et des arbres. Il entretenait le tout avec un tel soin que les voisins de l'immeuble lui en étaient devenus reconnaissants et que lui qui était si humble et timide, éprouvait pour la première fois de la fierté. Il avait fait de cette cour un parfait jardin, à la force de sa seule main verte.

Pour se rendre chez Michel, il fallait prendre la première porte à gauche, et sur le sol de cette partie de l'immeuble, on pouvait apercevoir des croix gammées gravées sur les tomettes. C'était un peu choquant, mais ces tomettes étaient là depuis le XIXe siècle... Et il faut avouer que ce sol était assez

Une famille

joli. Au grand désespoir de Michel, il fut changé quelques années plus tard.

Au premier étage, Michel ouvrait la porte d'un appartement très haut de plafond. Il se cachait derrière cette même porte, qui donnait sur une longue entrée assez étroite, avant de faire une blague, sa spécialité. L'entrée donnait sur un salon de couleur vert pistache qui avait une cheminée où un feu brûlait souvent, et au-dessus de laquelle on pouvait admirer des photos personnelles (ou impersonnelles) et de minuscules objets placés avec goût et humour. Il était difficile de trouver quelque chose qui ne fût pas de bon goût chez Michel. La pièce, un double salon à vrai dire, était loin d'être petite, mais, comme rue des Filles-Saint-Thomas, son espace avait été réduit de moitié à cause des milliers de livres empilés au sol ou rangés dans les bibliothèques construites le long de chaque mur.

Michel s'était installé un tout petit bureau dans le coin de cette pièce. Ainsi, lorsque des invités lui rendaient visite, il pouvait s'asseoir à sa table et ranger ou travailler afin d'éviter de leur faire la conversation. Il leur laissait du vin, et pour ce qui était du reste, ils n'avaient qu'à s'occuper tous seuls.

Derrière le double salon, les chambres à coucher s'enfilaient les unes derrière les autres, et au

Place du Palais-Bourbon

fond se trouvait la grande chambre de Wilo. Ces pièces étaient toutes reliées par un couloir ; restait la cuisine, la salle de bains et les cabinets pour les invités, et l'on avait tout vu.

Cette nouvelle famille était pleine de paradoxes, elle n'était pas organisée, et n'avait pas l'air très à l'aise avec elle-même ou avec les autres... Ils avaient créé chez eux une drôle d'atmosphère, qui pouvait être lourde.

Bomi préparait l'ouverture de son restaurant de chez elle, s'occupant à préparer des petits plats dans ses robes en tissu d'Afrique de l'Ouest – un coton avec de jolis imprimés ou avec une teinture multicolore et délavée. Elle vaquait des chambres à la cuisine pendant que Michel dessinait dans le salon, lui aussi en robe africaine assortie, ou en chemise de nuit. Lorsqu'ils se libéraient, ils se prévoyaient des petites sorties en couple, ou en famille.

Ils allaient alors au Bon Marché. Ils regardaient les affaires pour bébé, quelques machines au rayon électroménager pour le restaurant, ou même l'appartement... Ils flânaient à la Grande Épicerie, en y dépensant parfois une fortune pour des choses que l'on trouvait moins cher partout ailleurs.

Une famille

Ils semblaient poursuivre le désir de mener une vie de couple bien tranquille, normale. Ils s'étaient fondé une petite famille. Tout le monde se disait qu'ils la méritaient, et ce n'était pas une mauvaise chose. Mais Wilo ne se sentait pas particulièrement à l'aise avec eux. Avait-elle sa place dans cet étrange schéma familial ? Elle y était certainement mieux traitée qu'auprès de sa mère. Ils étaient gentils et attentionnés.

Pourtant, il y avait encore, entre Wilo et son père, cette sorte de pudeur et de gêne, un malaise qui se ressent plus qu'il ne s'explique. Difficile à discerner, et difficile aussi pour elle d'y faire face, seule. Homère et Pénélope étaient tous deux restés chez Beaule ; l'inconfort et l'inhospitalité de l'étrange foyer dont elle avait été rejetée avaient peut-être pour Wilo quelque chose de plus rassurant au fond, de plus familier, c'était sûr.

Wilo avait vécu rue des Filles-Saint-Thomas toute sa vie, pendant longtemps avec deux personnes qui n'étaient rien d'autre que ses parents. Son père travaillait comme un chien, sa mère n'était jamais là. Elle n'avait aucune idée de ce qu'était une vie de famille. Ils allaient tous les soirs au restaurant,

Place du Palais-Bourbon

sortaient le week-end, et partaient dans de grandes maisons pour les vacances.

Dans cet ancien foyer, son père avait une immense pièce tout au fond qui lui servait d'atelier. Il y travaillait, il se retrouvait, il pouvait être tranquille. Il n'y entendait rien de ce qui se passait dans le reste de l'appartement. Il était loin de Wilo si elle était là. Il était loin des conflits quand il y en avait. Chacun faisait sa vie : il était là sans y être. Ils se retrouvaient pour les repas, ou juste comme cela. Ils avaient été habitués à une relation de distance informelle. En allant s'installer chez lui, dans son nouveau nid d'amour, au centre de sa petite famille, Wilo était confrontée à une proximité qu'elle avait rarement connue.

Les pièces place du Palais-Bourbon étaient disposées de telle manière qu'on ne pouvait y avoir aucune intimité. On entendait tout, on sentait tout. Tout semblait être interconnecté. Malgré cela, l'appartement n'était pas très chaleureux : il était spacieux, haut de plafond et allongé ; comme un couloir de chambres.

Wilo n'avait pas à se plaindre. Son père l'avait gentiment hébergée dans ce qui devait être son

Une famille

atelier, alors qu'il aurait pu la laisser se débrouiller seule. Mais elle était isolée dans cette énorme pièce vide et blanche, livrée à elle-même. Elle n'avait aucune affaire, et il faisait froid au bout du couloir.

Au début, Wilo avait trouvé que c'était génial de déménager parce que c'était quelque chose qu'elle n'avait jamais fait auparavant. Et si, à l'école, on lui demandait de raconter son histoire ou d'expliquer où elle habitait, elle trouvait que c'était « cool » d'habiter place du Palais-Bourbon. La place sentait fort les fleurs et il y avait toujours plein de policiers partout. De plus, dans l'appartement où elle était installée, vivaient un minuscule bébé métis et sa maman, une jeune femme à peine plus âgée que sa grande sœur.

Mais ce n'était pas chez elle. On l'avait jetée, sans lui demander son avis, de l'appartement où elle avait vécu depuis toujours et où toutes ses affaires demeuraient. Le temps passait, elle ne s'y habituait pas, mais elle s'en fichait. Elle avait d'autres priorités bien plus importantes que l'envie de tuer sa mère ou de se plaindre de sa situation. Wilo devait aller à l'école, avoir des amis, se faire une vie, et obtenir son bac le mois suivant. Ces choses un peu normales l'aidaient à occuper son

Place du Palais-Bourbon

temps, et l'empêchaient de se demander ce qu'elle faisait là ou pourquoi elle avait encore tous ses cahiers de classe chez sa mère, cette femme qu'elle ne connaissait plus et qui, décidément, ne l'appelait pas.

Wilo était allée chercher ses résultats du bac avec Bomi en taxi. Il fallait se rendre dans un des lycées d'un coin assez calme du VIIIe arrondissement. Wilo n'était pas mécontente de ses notes. Elle avait eu 6 en histoire-géographie, 4 en lettres, et elle avait trouvé cela plutôt drôle. Les quatre langues qu'elle apprenait religieusement l'avaient sauvée. La philosophie aussi : elle avait eu 15/20, une note franchement excellente pour un examen de ce type !

Wilo avait pourtant passé l'année au fond de la classe, à dormir, ou à faire des dessins et des blagues avec Sven, un garçon paresseux mais brillant. Il pouvait se permettre de se comporter comme un cancre, parce qu'il savait répondre à tout et qu'il réussissait toujours lorsqu'il fallait s'y mettre. Sven était d'ailleurs le seul élève de la classe admis à Yale ; et il manquerait à Wilo.

En juin, quelques jours avant l'examen, Wilo était allée voir son professeur de philo, Monsieur

Une famille

Liorroup, presque en larmes. Elle se lamentait de n'avoir pas assez étudié, et lui demandait de l'aider. Il lui avait répondu, sans émotion, qu'il avait confiance en elle et qu'elle n'avait pas à s'inquiéter. Et il avait eu raison.

Elle se disait que c'était une note qu'elle n'avait pas tellement méritée mais que comme elle l'avait eue, elle ne pouvait pas non plus y faire grand-chose. Elle n'avait pas fait un effort de l'année, et elle le savait.

La situation de Wilo justifiait son manque de rigueur et certaines de ses erreurs pour beaucoup de ses professeurs. Peut-être aurait-il été plus facile pour Wilo de se servir des excuses que les gens lui donnaient. Mais elle persistait à croire que non : si elle ne faisait rien et se fichait de tout, c'était sa propre faute et celle de personne d'autre. Elle n'allait pas se plaindre d'un problème qui la laissait indifférente et jouer la victime. Il n'est pas juste de profiter des avantages d'une situation si on n'en subit pas les inconvénients.

Le fait d'avoir été ballottée de droite à gauche avait plus amusé Wilo qu'autre chose. C'était un divertissement. Elle n'en avait pas été perturbée outre mesure. Au moment des révisions, elle avait

Place du Palais-Bourbon

apporté de la rue des Filles-Saint-Thomas une minuscule table Mickey Mouse sur laquelle elle faisait ses devoirs et préparait ses examens. Elle était très petite, et cela ne la dérangeait pas d'étudier par terre, assise en tailleur. Elle ne s'en amusait pas non plus, elle ne se posait pas la question. Elle se disait que c'était simplement ainsi et pas autrement, comme tout le reste. On fait avec ce qu'on a.

Le moins Wilo se posait de questions, le mieux c'était. Elle pensait que c'était le moyen de s'en sortir, et que sinon elle n'irait nulle part. Elle en avait la preuve partout autour d'elle. Son père ne travaillait plus tellement. Le manque d'estime qu'elle avait pour sa mère ne lui permettait même pas de la juger. Sa sœur refusait de se responsabiliser. Son frère était un ado attardé qui ne savait ni ce qu'était le travail, ni ce qu'étaient des responsabilités. Wilo était contente si elle trouvait des choses à faire : elle les faisait, sans trop y penser. Elle savait que c'était ce qu'il fallait et parfois, elle était satisfaite d'avoir accompli quelque chose.

Wilo avait donc passé son baccalauréat, et l'avait obtenu avec une mention. Elle était contente même si elle disait que ces histoires académiques lui

Une famille

importaient peu… Avant cela, sa mère l'avait poussée à s'inscrire à l'université en Angleterre. Le processus d'inscription et d'admission s'était déroulé sans elle, mais l'idée était venue de Beaule.

Comme à son habitude, elle avait voulu en profiter pour humilier Wilo en essayant de s'en mêler auprès de sa conseillère universitaire, Madame Raddgou. Mais ce genre de détail n'affectait plus Wilo désormais. Elle était, grâce à ses résultats, admise dans n'importe laquelle des universités qu'elle avait sélectionnées. Sauf Oxford. Elle se souvenait clairement du jour où elle y était allée pour passer une entrevue.

Wilo avait été la seule, parmi tous ces imbéciles qui n'avaient jamais que des A+, à être appelée : elle avait postulé pour étudier le japonais, une matière que personne ne choisit jamais. Mais sa candidature avait été rejetée. Le courrier était arrivé, et sa mère le lui avait transmis. Elle avait attendu qu'elle l'ouvre devant elle.

Wilo sentait que Beaule était contente et qu'elle éprouvait une joie presque sadique qui lui était familière. Wilo avait attendu qu'elle parte pour pleurer. Beaule ne le laissait pas transparaître, mais elle pouvait être très méchante. Personne ne savait pourquoi, mais parfois elle jouissait du malheur ou

Place du Palais-Bourbon

de l'échec des autres. On se disait que c'était sa manière à elle de vivre avec ses frustrations. Wilo était triste, elle avait honte aussi, et elle ne voulait donner aucune satisfaction à Beaule.

Elle était peinée par ce refus, qu'elle voyait comme une défaite. Surtout, elle avait adoré la ville d'Oxford. Elle aurait été heureuse d'y vivre, même si au début elle n'avait même pas eu envie de poursuivre ses études. Elle ne comprenait pas à quoi cela lui servirait. Pour Wilo, si on avait envie de faire quelque chose, on le faisait. Il était inutile de se forcer à traverser de longues et pénibles années de labeur pour apprendre ce qu'on savait déjà ou ce qu'on aurait pu découvrir par soi-même.

C'était une opinion idiote. Mais elle avait grandi parmi des gens qui n'avaient pas étudié. Ils étaient tous intelligents, mais pas très portés sur les études. Ils l'avaient élevée en lui laissant croire que c'était pareil pour tout le monde. On était doué pour quelque chose, on avait un talent, et la voie était tracée. Parfois, il était difficile de savoir quel talent on possédait, mais on en avait forcément un. Il fallait seulement trouver lequel. Et à partir de là, il faudrait travailler dur pour arriver à quelque chose, lui avait-on enseigné.

Une famille

Elle était prête à y mettre du sien, mais en même temps elle ne comprenait pas comment cela devait arriver. Pourquoi ne l'avait-elle pas, ce talent ? Et pourquoi n'avait-elle pas le désir de s'en trouver un ? Elle n'avait rien à prouver à personne, et pas même l'envie d'en avoir envie. Elle avait été blasée et s'était mise à supposer que toutes ces choses-là arriveraient seules, un jour ou l'autre. C'était à cause de sa mère que Wilo s'imaginait qu'elle pouvait attendre les bras croisés et que les projets – qu'elle n'avait et ne voulait pas – viendraient se présenter à elle d'eux-mêmes.

Beaule avait toujours poussé ses enfants à tout ; à faire des activités extrascolaires pour lesquelles ils n'étaient jamais motivés ; à étudier ; à mener une vie comme celle qu'elle aurait souhaitée pour elle-même mais qu'eux ne désiraient pas forcément ; à bout surtout. C'était ce comportement qu'elle avait eu envers eux qui avait détruit en Wilo tout acharnement, toute détermination, et tout intérêt pour quoi que ce soit. Elle était devenue une machine ; un automate sympathique, qui procédait uniquement sur commande. Et c'est pour cela que les études lui convenaient : elle s'était imposée d'aller étudier à l'université, elle irait, et elle finirait. Que cela l'intéresse, lui plaise ou non, Wilo y était indif-

Place du Palais-Bourbon

férente ; cela n'avait pas d'importance. Lorsqu'elle s'y collait, Wilo faisait assez bien les choses.

Cette période dans la vie de Wilo avait été chahutée par tous ces événements soi-disant importants : le baccalauréat, la collection des résultats et les nécessaires réflexions postscolaires sur ce qu'elle allait faire d'elle-même qui, mine de rien, commençaient à la travailler. Elle avait de quoi s'occuper et c'était exactement ce qui lui fallait.

Puis vint un moment tout aussi crucial dans la vie d'une adolescente : les 18 ans de Wilo. Elle n'y croyait pas. Dix-huit ans, c'était l'âge où l'on devenait adulte ; elle serait majeure, et pourrait se responsabiliser.

Enfin à 18 ans, on pouvait être « indépendant », vivre seul, boire de l'alcool en toute légalité, aller en boîte de nuit officiellement, faire des choses interdites sans se priver de quoi que ce soit… Enfin ! Wilo pourrait claquer la porte de chez elle, et dire : « Je m'en vais, je ne veux plus vous voir ! Je pars habiter seule. »

Mais elle se demandait de quel « chez elle » elle pourrait bien partir ? Elle avait déjà été exclue de son domicile familial sans avoir eu à faire aucun

Une famille

caprice. C'était dommage. Elle avait longtemps rêvé de fuguer, comme on se l'imagine pendant son enfance. Elle savait qu'elle ne le ferait pas parce que ce n'était pas tellement l'usage dans la famille. Les Du-Vrê ne prenaient pas de grandes initiatives. On pouvait les manipuler et ses parents lui auraient permis de « fuguer »; ce qui enlève tout charme à la chose. De toute façon, elle n'avait nulle part d'où claquer la porte. Et elle n'avait surtout personne pour le lui interdire, ou la rattraper.

Wilo était contente d'avoir 18 ans. Elle allait peut-être alerter ses « parents », ils prendraient enfin conscience du fait qu'elle existait quelque part, dans cette vie. Ils ne se fichaient pas d'elle, ni ne la prenaient pour une enfant. Cependant, ils ne la voyaient pas vraiment comme une personne à part entière. Et s'ils y parvenaient, c'était toujours le résultat d'un effort conscient.

Il avait fallu que son père accueille Wilo chez lui pour remarquer sa présence en tant qu'être humain individuel. Il ne s'était jamais mal occupé d'elle, mais il l'avait toujours considérée comme un petit truc accroché à la famille ou à son école, comme on accroche un gri-gri à son téléphone portable. Quant à sa mère, il lui avait fallu se fâcher et se débarrasser d'elle pour qu'elle s'aperçoive (s'en

Place du Palais-Bourbon

était-elle d'ailleurs aperçue ?) de son absence, et qu'elle se rende compte que Wilo pouvait être là ou pas.

Peut-être, pour ses 18 ans, allait-elle lui envoyer une lettre ou un petit mot d'excuses, ou lui demander pardon. Il ne fallait jamais trop en demander à Beaule… Wilo allait devenir une femme, mais cela ne voulait pas dire qu'elle n'avait pas besoin d'une mère, ou d'une autorité parentale.

Le jour J, Beaule lui avait envoyé un bouquet de fleurs, des roses blanches. Elles venaient de chez un fleuriste que Michel avait découvert rue de Richelieu, Stéphane Chapelle. Wilo les avait mises dans un sac en papier et les avait données à Homère pour qu'il les lui rende : elle ne voulait pas les sentir parce qu'elles lui auraient rappelée le « détestable » (c'est bien ce qu'elle ressentait) personnage qui les lui avait offertes. Le jour de son anniversaire devait être le sien, et Wilo voulait oublier ces choses désagréables.

Beaule avait joint à ces fleurs une carte postale avec une vilaine illustration ancienne de chats qui étaient déguisés et faisaient les guignols. Depuis quand Wilo s'intéressait-elle à ce style d'image

Une famille

aux couleurs sombres et aux traits caricaturaux ? De plus, c'étaient des chats, des animaux qu'elle n'affectionnait pas particulièrement. La carte ne disait rien. Juste une sorte de joyeux anniversaire, à peine amical ou tendre, et un petit « Je pense à toi » hypocrite. Si elle pensait à Wilo, elle aurait dû le faire deux mois plus tôt, et elle aurait pu être avec elle. Wilo était définitivement blessée par ce qui s'était passé.

Beaule y avait aussi ajouté que son cadeau était en route. Ce doit être une très longue route, car des années après Wilo l'attendait toujours. (Qu'était-ce ?) Une fois de plus, elle n'était pas déçue, elle était soulagée. Les liens étaient rompus. Ses parents ne l'avaient pas vraiment élevée, mais elle était pourtant polie : et si Beaule avait manifesté plus d'intérêt à son égard, elle l'aurait remerciée. Qui sait, peut-être aurait-elle été obligée de la revoir alors ?

Michel avait dessiné une petite carte pour Wilo. Elle la représentait en boule, allongée sur le dos et portant un *baby-grow*[1] rose avec des oreilles de lapin sur la tête. La carte avait été signée par sa nouvelle famille, Cyrus et Bomi. Il y avait joint

---

1. Sorte de combinaison-pyjama pour bébé.

Place du Palais-Bourbon

un chèque : une somme généreuse, qu'elle devait encaisser le mois suivant. Michel était aussi allé rue des Filles-Saint-Thomas, avec Pénélope, pour récupérer un bijou qui venait d'une grand-tante et dont il voulait faire cadeau à Wilo.

Ce bijou avait été mis dans un coffre-fort ou quelque part à la « banque », parmi les nombreux objets et œuvres d'art que Beaule avait déjà confisqués à Michel. Mais Beaule avait été ferme. Il était hors de question qu'elle lui rende quoi que ce soit, même si c'était pour l'offrir à la fille qu'ils avaient conçue ensemble.

L'ambiance, cet après-midi-là, rue des Filles-Saint-Thomas, avait été assez particulière, surréaliste même. Pénélope, qui habitait encore là à l'époque, avait eu du mal à entrer. Le verrou de la porte avait été changé, sans préavis, sans explication. Pénélope, de toute évidence, n'en détenait pas la clef.

Après avoir cogné longtemps à la porte de chez elle, Beaule l'avait laissée entrer. Mais Pénélope avait dû accepter de se faire suivre partout où elle allait dans l'appartement – y compris dans sa propre chambre – par Beaule elle-même accompagnée de deux « témoins », des Américains improbables.

Une famille

Pénélope n'avait plus le droit de dormir là-bas, encore moins d'y habiter, ou même d'y passer. Toutes ses affaires avaient été emballées et mises à la cave (où elle pourrait passer les prendre, si elle le souhaitait). Personne n'avait plus le droit de venir rue des Filles-Saint-Thomas, avait décrété Beaule. Homère avait reçu une lettre dans laquelle il avait été clairement instruit de la situation : il pouvait avoir une clef de chez lui, où il avait aussi le droit de continuer à habiter mais, sous aucun prétexte et sous peine de se faire exclure lui aussi, il ne devait laisser entrer son père, ou ses sœurs.

Les Du-Vrê étaient parvenus, malgré ce tumulte mineur (ou majeur), à créer une ambiance relativement « acceptable » pour la petite fête organisée place du Palais-Bourbon. Wilo en avait gardé un souvenir plaisant. Une ambiance assez conviviale rendait pour la première fois cet appartement très chaleureux. Anna, la marraine de Wilo, était venue avec ses deux filles. Wilo avait invité quelques amis. Sa famille, ou du moins ce qu'il en restait, était là.

Ils avaient tous dîné par terre, pique-niqué en quelque sorte, dans cette pièce du fond. Pénélope avait préparé des pâtes, auxquelles Bomi avait

Place du Palais-Bourbon

ajouté des piments langue d'oiseau. Homère avait fait un gâteau ; et tout le monde l'avait mangé assez joyeusement.

Ils rigolaient. Certains s'amusaient. Mais on sentait que quelque chose était « cassé ». Pénélope avait été mise à la porte de chez elle, quelques heures plus tôt, presque de force. C'était dur, mais d'une certaine façon elle rejoignait Wilo dans son triste sort – même si cela avait été fait de manière plus pénible et brutale pour Pénélope. Elle irait donc habiter chez Paul, qu'elle aimait. Mais se connaissaient-ils depuis assez longtemps pour vivre ensemble ? Et Pénélope, au-delà de ce détail, ne s'était-elle pas sentie blessée ? Wilo ne savait pas vraiment.

La raison pour laquelle Beaule avait choisi de faire tout cela le jour des 18 ans de Wilo reste encore un mystère – une raison légale ? Wilo en avait été ennuyée parce que Beaule avait rendu sa sœur triste, et l'atmosphère de sa fête étrange et pesante. Cette expulsion signifiait aussi qu'il serait difficile de récupérer les affaires de chacune laissées chez Beaule.

Wilo avait de la peine pour sa sœur. Son déménagement à elle avait été bien moins soudain

Une famille

et violent. Elle se disait que Beaule avait laissé Pénélope sans rien, d'un coup, sans prévenir, et elle en était attristée.

La fin de l'année académique ne s'annonçait pas des plus joviales ; et la seule chose dont Wilo se rendait compte cet été-là, c'est la facilité qu'il y avait à faire passer le temps, en ne faisant rien.
Pénélope et Paul partaient pour la Grèce avec Francis, un ami de Paul. Ils avaient loué une petite maison sur l'île d'Ithaque avec plusieurs chambres. Ils avaient eu la gentillesse d'inviter Wilo, et elle y était allée. L'île était belle, les plages assez spectaculaires et elle était contente d'être là : elle avait une dette envers sa sœur. Elle ne se sentait pas tellement à sa place, mais c'étaient les seules vacances qu'elle avait trouvées. C'était le premier été que Wilo ne passait pas dans une belle maison que Beaule aurait forcé Michel à louer, ou chez des amis à elle. Elle le remarquait passivement sans y prêter trop d'attention.

Après les vacances, Wilo était rentrée chez Michel, dans ce foyer qui était le seul à l'accueillir. Elle reprenait sa vie à l'endroit même où elle l'avait laissée. La seule différence était qu'elle était repo-

Place du Palais-Bourbon

sée et qu'elle avait profité de la mer. Bientôt, les choses se précipiteraient. Wilo allait déménager.

Elle partait s'installer à Londres. Elle sentait qu'elle pourrait enfin souffler dans ce port où elle construirait sa propre indépendance, et n'aurait plus peur de croiser sa mère à chaque coin de rue. Ses grands-parents maternels y vivaient, une paire de grands-parents auxquels rien ne la rattachait plus puisque Beaule ne faisait plus partie de son quotidien. La ville était assez vaste pour que Wilo puisse enfin y être tranquille. Elle était heureuse d'avoir choisi cette destination : elle la rendait libre de pouvoir être seule pour faire son propre chemin, loin de ce dont elle ne voulait pas dans sa vie.

CHAPITRE 9

Gare du Nord

Avec l'appui de son père, Wilo s'était lancée dans cette nouvelle partie de sa vie. Elle regardait ses bagages empilés dans le terminal de l'Eurostar, et, à côté de cet énorme tas de valises, Michel, son père, qui l'avait accompagnée, comme par obligation. Beaule avait toujours été là dans le passé pour s'occuper de ce genre de choses pour ses enfants, et Michel n'avait jamais eu à s'en soucier ; mais que pouvait-il faire à présent ? Il fallait bien s'occuper de temps en temps de ses enfants, sinon pourquoi en avoir ? Heureusement, Wilo avait été chargée d'acheter les billets ; et elle en avait pris un troisième pour Pénélope, afin d'éviter de se retrouver en tête-à-tête avec l'auteur de ses jours.

Ils avaient insisté pour voir la chambre où vivrait Wilo avant de signer le contrat qui allait y

Une famille

attacher les Du-Vrê (et surtout la petite Wilo) pendant près d'un an. Ils avaient passé la porte pour découvrir un placard. Dans cette authentique petite boîte à chaussures, le lit, plein de ressorts, avait l'air inconfortable. Les meubles, en bois clair peint, étaient hideux. Une vraie cellule de prison. D'ailleurs, la fenêtre ne s'ouvrait pas sur plus de quatre centimètres et demi : y avait-il eu des suicides ? Enfin, l'espace pour circuler entre le mobilier était presque inexistant.

Mais la laideur de sa nouvelle chambre ne dérangeait pas Wilo. C'était son premier endroit à elle, et elle allait y vivre seule pendant toute une année. Elle était contente et, comme la plupart des adolescents qui s'installent tout juste, elle se fichait de sa taille ou de son apparence, parce que c'était enfin chez elle ! Ils en avaient finalement tous ri, après s'être lamentés.

Ils étaient allés dîner dans un restaurant chinois à Kensington et n'avaient parlé que de cette fameuse boîte à chaussures pour souris. Wilo s'y était fait très vite. Elle avait acheté plusieurs choses afin de s'y sentir chez elle. Elle découvrait enfin les petits plaisirs de la vie : s'intéresser aux accessoires de cuisine, aux casseroles, aux serviettes, aux draps et aux choses pour la salle de bains.

Gare du Nord

Elle avait même réussi à se procurer deux porte-brosse à dents. Le premier était un tube métallique qui servait de pot et qu'on collait au miroir avec une ventouse. Le second se collait lui aussi avec une ventouse, mais on pouvait y suspendre quatre brosses à dents alignées. Et lorsqu'on choisissait de belles couleurs, et qu'elles étaient disposées correctement, c'était un accessoire assez joli. Drôle d'idée pour la cellule à souris qu'elle habiterait dans la plus grande solitude.

Pénélope l'avait aidée à faire la liste des choses dont elle avait besoin. Michel, lui, semblait insinuer qu'elles n'étaient pas réellement nécessaires ; un peu comme si Wilo ne l'avait pas encore quitté et que, pour les quatre prochaines années, elle n'allait pas vivre seule, ni dans un autre pays. Après tout, Beaule l'avait dépouillé, et il n'avait pas travaillé depuis un an... Peut-être voulait-il éviter toute dépense inutile, et on le comprenait.

Heureusement pour lui, Wilo avait trouvé un travail dans la semaine qui suivait son arrivée. Elle était allée chez Yo ! Sushi, leur avait demandé ce qu'il fallait faire pour y travailler et si, par hasard, ils avaient des disponibilités. Fallait-il avoir une expérience de serveuse (qu'elle n'avait pas) ? Elle

Une famille

leur avait dit qu'elle parlait quatre langues, dont le japonais. Ils lui avaient ensuite demandé de remplir un formulaire et fait enfiler un tablier. Elle commença alors son premier travail de serveuse. Elle aurait à s'y rendre cinq soirs et deux jours toutes les semaines.

Au début, c'était un travail qui faisait rire Wilo parce que l'idée d'être serveuse dans un restaurant de sushi à tapis roulant paraissait ridicule. Qu'est-ce qu'il y avait à servir dans ce système absurde de self-service moderne ? Wilo ne savait pas qu'elle aurait à récurer chaque parcelle entre les tables, à nettoyer tous les sols, à faire la vaisselle et à désinfecter les toilettes. Ses nouveaux collègues étaient des Coréens qui parlaient mal anglais. Et, en plus, elle terminait tard chaque soir.

Elle avait pris ce petit travail à côté de ses études sans se rendre compte que l'argent durement gagné ne serait pas de l'argent de poche, mais servirait pour sa « survie », à payer les choses dont elle avait besoin comme son loyer, ses factures, ou sa nourriture. Depuis l'âge de 15 ans, si elle avait travaillé de temps à autre à droite à gauche, ça n'avait jamais été que pour s'acheter les quelques babioles que ses parents lui refusaient.

Gare du Nord

Il avait été entendu que son père financerait ses études : elle venait tout juste d'avoir 18 ans et ses deux parents étaient chacun issus de bonnes familles dans lesquelles les choses se passaient plus ou moins ainsi. Elle avait d'ailleurs lu par hasard une lettre solennelle de son père à sa mère dans laquelle il s'en plaignait.

Michel avait payé son premier loyer puis, plus rien. Le minable travail chez Yo ! Sushi était fatigant. Mais de cette fatigue, Wilo était fière, et surtout de ce qu'elle signifiait. Elle se sentait responsable d'elle-même, ce qui expliquait sans doute pourquoi elle ne se plaignait pas. Elle ne devait rien à personne.

Wilo n'avait jamais rien reproché à son père. Au contraire, elle avait pour lui une certaine forme de respect qui le protégeait d'éventuels reproches. Pourtant, depuis quelque temps, Wilo ne le comprenait plus vraiment ; et elle avait l'impression que ses choix étaient étranges. Pire encore, il était devenu faible. Mais son image ne pourrait jamais être ternie : il avait été un bon père de famille, à sa manière, un peu spéciale, mais il avait toujours été doux et compréhensif, avec cette nonchalance teintée d'humour qui attendrissait Wilo. En tant qu'artiste, c'était un homme accompli.

Une famille

Mieux encore, il était très cultivé, intelligent et tellement drôle. Et aussi déroutante que puisse être sa conduite, Wilo avait toujours pensé qu'il fallait élire les gens qu'on aime une fois pour toute ; et que quoi qu'il arrive, ils devaient garder ce même statut. Son père, elle l'avait choisi sans aucune hésitation, elle avait choisi de l'aimer, et c'était définitif. De toute façon, ils se ressemblaient. Elle était obligée de faire un effort pour le comprendre, si elle voulait se comprendre elle-même.

Wilo n'aurait jamais pensé reprocher à qui que ce soit de ne pas lui donner d'argent. C'était stupide. Elle ne voulait pas finir comme sa mère : une femme avare et paresseuse, qui était prête à n'importe quoi – sauf à travailler – pour profiter de l'argent des autres, surtout celui que Michel s'acharnait péniblement à gagner. Elle n'aimait pas cette mentalité.

Après trois ou quatre mois, Wilo avait abandonné le self-service à sushi, non pour se consacrer entièrement à ses études, mais pour devenir vendeuse. Elle avait décidé de travailler dans une boutique de lingerie « coquine », mais chère, luxueuse et sophistiquée qui s'appelait Agent Provocateur. Wilo voulait porter l'uniforme : une tenue de

Gare du Nord

nurse dont la blouse n'était pas blanche mais rose, et qui devait se porter très près du corps. Elle y travaillait quasiment à plein-temps. Elle se plaisait assez bien parmi ces filles toutes plutôt sexy, rigolotes et extraverties, dont elle se sentait plus proche que des Coréens étudiants en informatique ou en chimie qu'elle avait rencontrés chez Yo ! Sushi.

Elle avait commencé à Noël et devait suivre un apprentissage en vente de petites culottes, tailles de soutien-gorge, resserrage de porte-jarretelles et laçage de corsets. C'était bien tombé parce que l'idée d'un Noël avec ses nouveaux « parents » l'angoissait. Elle était rentrée à Paris pour quelques jours seulement : la veille de Noël, Noël et le Boxing Day anglais. Aussitôt arrivée, elle était vite repartie travailler dans son petit magasin londonien et poursuivre ses études. Elle en avait presque oublié que celles-ci étaient la motivation principale de son séjour à Londres.

Initialement, Wilo n'avait pas quitté Paris pour vendre des dessous, gagner de l'argent, acheter puis préparer ses repas. Ni pour les déguster avec les nouveaux copains qu'elle s'était faits au travail ou ailleurs. C'était arrivé, c'est tout. Elle travaillait dur dans son sushi bar, puis dans sa boutique de lingerie, afin de pouvoir subsister ; et elle avait

Une famille

oublié la raison pour laquelle elle était là. Comme il est facile de s'oublier soi-même, elle avait oublié ce qu'elle avait à faire.

*
* *

L'école qu'elle avait choisie était la seule, parmi celles dans lesquelles elle avait postulé, qu'elle n'avait pas visitée au préalable. Son bâtiment avait été construit au début des années 40 ; il se trouvait au centre de Londres, en plein cœur du quartier universitaire. L'immeuble n'était pas particulièrement beau, mais au fil des mois Wilo s'y était attachée.

La première année, elle détestait son université. Celle-ci la mettait face à un système d'ultime désorganisation que Wilo n'avait jamais connu. Elle n'était pas du tout habituée à cela. Elle était arrivée le premier jour avec son père Michel, sans doute la personne la moins appropriée pour ce type d'activités. Il n'avait rien de bureaucratique ni d'académique, et il savait à peine que Wilo avait déjà obtenu son bac.

Ils passèrent la première journée d'inscription à la SOAS – *School of Oriental and African*

Gare du Nord

Studies[1] – dans la mauvaise file d'attente, se trompant partout, et cherchant des salles ou des directions qui n'étaient indiquées nulle part. Cette école enseigna à Wilo qu'il ne faut compter sur personne d'autre que sur soi-même. Souvent, s'ils avaient un problème, ou autre chose, les élèves allaient voir leur « tuteur » qui était tenu au courant de leurs situations personnelles, mais celui-ci les envoyait voir un chef de département; et celui-là les renvoyait toujours à la faculté pour qu'ils trouvent un responsable qui n'était jamais assez responsable; il fallait alors se rendre dans les bureaux principaux, dans un autre immeuble, à vingt minutes à pied. Mais finalement, eux non plus ne savaient rien.

C'était une petite école, et tout y était très spécifique. Les matières enseignées concernaient uniquement l'Afrique et l'Asie. L'école était la meilleure dans son domaine, et elle était reconnue par tous les classements universitaires nationaux et internationaux. Wilo avait étudié pendant dix ans le japonais et tout le monde, y compris elle-même, trouvait cela idiot d'arrêter.

---

1. École des études orientales et africaines.

Une famille

Elle n'était pas mécontente de s'être retrouvée, un peu par hasard, dans cette université même si elle ne lui correspondait pas. Elle était pleine d'élèves venant des quatre coins du monde, des hippies anglais, toutes des personnes douces, tolérantes, ouvertes d'esprit. Tout l'opposé d'elle... La plupart étaient des étudiants qui avaient soif d'apprendre, ou des chercheurs en matières incongrues qui avaient à leur disposition la meilleure bibliothèque spécialisée en histoire de l'art, en archéologie et en anthropologie, et les académiciens les plus instruits de leur génération. Bref, des passionnés du système universitaire britannique et de la culture orientale ou africaine.

Mais ce dont Wilo avait besoin, au sortir de son baccalauréat, c'était de professeurs qui la suivraient à la trace, d'un cursus scolaire très structuré et de quelqu'un qui serait derrière elle pour la discipliner. Elle aimait la rigueur, mais elle avait du mal à se l'imposer elle-même.

À Paris, elle avait étudié dans une école qui la laissait à peine sortir au déjeuner et dont le système de punition et d'enseignement était rigoureux, strict et peu flexible. Cette école était bien entretenue et la direction dépensait plus d'argent pour restaurer la cantine, les bureaux et les salles de classe que pour payer de bons professeurs ou pour acheter de nouveaux livres.

Les « filles et les fils de », dont les parents avaient justement payé l'admission très chère, ressortaient avec une mention bien ou très bien. Après avoir passé leur scolarité là-bas, ils entraient en hypokhâgne, passaient des concours pour être admis à Sciences Po ou HEC, ou se faisaient payer des écoles ici ou là (souvent aux États-Unis, ou au Canada pour les moins chanceux) encore plus chères. Tout cela pour finir mariées à des hommes d'affaires, des avocats ou des producteurs, pour les filles. Et pour travailler dans l'entreprise de Papa, pour les garçons.

À la SOAS, tout ce qui se trouvait en dehors de la bibliothèque était délabré. On franchissait les portes du bâtiment principal et, tout de suite à droite, on trouvait la salle commune, plus sale et mal entretenue qu'un débarras. En descendant les marches vers le sous-sol on découvrait un bar qui vous replongeait dans les années 70. De jeunes hippies à dreadlocks, de vieux dealers de marijuana, deux tables de billard pour lesquelles ils faisaient tous la queue, quelques jeux d'échecs et de backgammon dispersés sur des tables ici et là, un

Une famille

juke-box diffusant de la musique des années 50-60, et un air irrespirable enfumé par les joints que personne ne se privait de fumer vous y accueillaient.

Selon une vieille légende, la SOAS était une ancienne propriété de la reine Mary of Teck, et la police devait prévenir vingt-quatre heures à l'avance si elle voulait venir à l'université (ou dans son bar) pour inspecter les lieux. La vérité était que la SOAS était une école où les gens se fichaient de tout, y compris le barman pour qui empêcher de fumer de l'herbe était plus problématique que de regarder faire.

Les élèves de la SOAS fumaient en permanence, prenaient beaucoup de drogues et étaient toujours dans la lune. Mais ils avaient tous des ambitions. Ils souhaitaient devenir diplomates, avocats humanitaires, travailler pour un certain type d'ONG, ou parfois chercher une profession plus originale. D'autres voulaient être des universitaires haut placés, toujours dans des domaines très spécialisés. Et ils étaient nombreux à avoir une passion : pour la musique, un pays, sa culture, sa langue, l'histoire de l'art, la politique, l'archéologie, l'anthropologie...

Wilo s'était fait des amis assez rapidement. Elle conserva ceux qu'elle avait rencontrés le premier soir tout le reste de son cursus académique. Ils étaient

Gare du Nord

typiques de la SOAS, et c'était avec eux qu'elle était parvenue à supporter la cohue de cette grande ville qu'était Londres. Ils étaient comme les autres : gentils, intéressants, drôles, avec un sarcasme typiquement anglais et plutôt équilibrés en général.

Elle les avait choisis comme amis, donc elle les adorait, ceux-là plus que les autres. Ils faisaient tout ensemble. Ils ne se ressemblaient pas, mais ils s'étaient trouvé des points communs. Ils s'entendaient bien, cuisinaient, faisaient des activités collectives, s'amusaient... Ils partirent pour la Chine cet été-là, et emménagèrent ensemble dans une grande maison à leur retour. Il fallait bien déménager de la boîte à chaussures pour souris un jour ou l'autre...

*
* *

Wilo était satisfaite de cette vie. Parfois heureuse, bien que malheureuse de temps en temps. Mais ça n'était pas grave. Son moral était souvent plus mauvais que bon ; mais son humeur n'en était jamais affectée. Elle restait toujours joviale et gaie. Elle avait pris l'habitude d'être déprimée, et se complaisait dans cet état depuis toujours.

Une famille

Elle s'était construit une petite vie dans laquelle elle était indépendante financièrement, épanouie socialement et à peu près désintéressée académiquement. Rien de particulier ne la stimulait... Elle n'avait pas de passion, pas d'amoureux, aucun intérêt pour quoi que ce soit de spécifique, elle savait juste qu'elle voulait connaître sept langues, réussir à les parler, et surtout à les écrire correctement.

Malgré, ou grâce à tout cela, la vie de Wilo semblait bien fonctionner. Elle était pareille à elle-même. Consciente de ses responsabilités, elle était loin de sa famille, de sa vie précédente, et surtout de sa mère. Wilo l'avait revue dans des circonstances rocambolesques ; et, franchement, elle s'en serait bien passée.

C'était au vernissage de Paul, l'amoureux de Pénélope. Il avait dessiné un avion, et celui-ci était exposé à la Fondation Cartier. Wilo était rentrée de Londres à cette occasion, et ils s'étaient retrouvés, son père, sa jeune belle-mère, sa petite moitié de frère Cyrus, sa sœur Pénélope et elle pour assister en famille à ce fameux événement.

En sortant du taxi, ils étaient tombés sur Beaule, invitée par hasard à un autre vernissage au même endroit. Wilo ne l'avait pas vue depuis

Gare du Nord

longtemps : des semaines, des mois… des années peut-être ? Beaule avait tenté, sans succès, à une ou deux reprises, de s'immiscer dans la vie de Wilo, notamment à sa fête de fin d'année, où elle s'était alors exercée à sa grande spécialité – aller voir les anciens professeurs de sa fille, et essayer de se faire plaindre pour qu'ils fassent la leçon à Wilo. Mais cela ne marchait plus. Quand par mégarde Wilo répondait à ses appels, Beaule lui proposait l'air de rien d'aller prendre un jus de fruit avec elle, comme si rien ne s'était passé. C'était plutôt maladroit, et Wilo refusait poliment.

En somme, Beaule n'avait rien à faire ici. Michel, qui était bien élevé, la salua. Après le vernissage de l'exposition, une petite fête était organisée en l'honneur de Paul. Quelque chose d'intime auquel seuls les proches étaient conviés. Pourtant, la première personne que virent les Du-Vrê fut Beaule, une coupe de champagne à la main, qui les regardait du fond de la salle, l'air hagard. C'était déjà assez culotté de sa part d'être venue, sans être invitée, au vernissage du petit ami de sa fille qu'elle n'avait pas vue, ni essayé de contacter depuis des mois. Mais ceci n'était rien au regard de ce qui allait suivre.

Une famille

Les Du-Vrê s'assirent, comme si de rien n'était. Beaule se leva, s'approcha de Michel et lui murmura à l'oreille qu'elle attendait toujours son argent – le versement mensuel qu'il était tenu de lui donner. Michel, affreusement gêné, lui répondit que ce n'était ni le lieu, ni l'heure pour évoquer ces problèmes. Elle s'échauffa progressivement, et devint insistante.

À ce moment-là, la jeune belle-mère des enfants intervint et lui demanda d'un ton rogue ce qu'elle voulait. Beaule, le visage convulsé, lui répondit en hurlant : « Money, I want money[1] ! »

La tension monta d'un cran. Pénélope et Wilo s'emparèrent de leur minuscule petit frère pour le mettre à l'abri. Dans cette atmosphère supposée festive, et au milieu des tables, un cri retentit : « Anyway, you're just a bitch[2] ! » Un verre de champagne se brisa. C'était le début du pugilat.

Les deux femmes se griffaient, se tiraient les cheveux, et se battaient au beau milieu de l'assemblée. On essaya en vain de les séparer. Michel, toujours passif, assista, impuissant, à tout ce désastre, puis essaya d'opérer un mouvement de repli. Il mit son

---

1. « De l'argent, je veux de l'argent ! »
2. « De toute façon, tu n'es qu'une salope ! »

Gare du Nord

fils dans sa poussette, prit sa nouvelle compagne par le bras, et s'en alla.

Beaule resta encore une heure après leur départ, avant de se faire renvoyer par l'attachée de presse de Paul. Pénélope et Wilo, qui n'en étaient pas à leur première bataille, étaient blasées, elles en avaient déjà trop vu ; après le départ de leurs parents, elles essayèrent de redonner un tour normal à cet étrange vernissage. Elles dansèrent, tentèrent d'oublier, et elles y parvinrent. Elles sont coriaces.

Suite à cette soirée, Wilo ne vit plus Beaule. Elle semblait vivre leur séparation comme un plaisir plutôt que comme une douleur. Depuis si longtemps, c'était une mère qu'elle n'appréciait pas, mais qu'elle subissait. À compter du jour où elles cessèrent de se voir, Wilo n'eut plus à se forcer de rien, plus d'obligations. Ce n'était pas tellement un apaisement, plutôt une sorte d'évolution, comme si Wilo avait grandi sans même s'en rendre compte. Ce n'était pas la plus saine des relations qu'elle avait avec sa mère (puisqu'elles n'avaient pas de relation du tout), mais c'était bien mieux que ce à quoi elle avait eu à faire face avec elle les années passées.

Une famille

La vie de Wilo avait changé, et c'était pour le mieux. Parfois, lorsqu'elle prenait des bus de nuit londoniens, entre un carton plein d'os de poulet et un vieux kebab à moitié entamé sans doute là depuis la veille, Wilo se demandait pourquoi elle habitait si loin. Pourquoi descendait-elle au terminus ? Pourquoi avait-elle choisi une maison par là (il fallait traverser une ruelle pleine de poubelles où les garçons du quartier s'entraînaient sur des motos miniatures ou testaient leurs nouveaux vélos volés en écoutant du hip hop ou du dubstep sur leurs petits magnétophones) ? Wilo appréciait sans doute ce dépaysement local. Mais elle se disait que sa grand-mère Marguerite ne savait rien de l'endroit où elle habitait, que son père non plus – même s'il ne se souciait pas de ces détails, et qu'il était devenu un homme ouvert d'esprit et tolérant –, et que Beaule, sa mère, ne connaissait décidément rien d'elle depuis le jour où elle avait demandé à son avocat de demander à celui de Michel qu'elle « déménage ».

Ce jour-là, Beaule s'était délestée de son instinct maternel. Elle avait cessé d'agir comme une mère « ordinaire », qui se serait inquiétée, elle, de savoir ce que fait sa fille, où elle est, ou du moins où elle habite. Elle s'était défait de ce sentiment d'inquié-

Gare du Nord

tude et de préoccupation, et n'avait plus que son insensibilité et son individualisme pour lui tenir compagnie.

Elle était devenue un bloc d'égoïsme. Et, si elle ne savait pas que tous les soirs sa petite adolescente de Wilo parcourait cet itinéraire sans aucune crainte – ni prudence surtout –, c'était parce qu'elle ne voulait reprendre contact avec aucune de ses filles. Pour Beaule, le monde ne tournait qu'autour d'elle. Elle n'admettait aucun de ses torts, et n'avait jamais rien à se reprocher. Wilo se disait qu'il valait mieux vivre une vie sans elle, plutôt que d'avoir à porter le poids d'être la création d'un tel individu.

Wilo était satisfaite de sa vie anglaise. Elle lui était nouvelle, plus simple que ce à quoi elle avait été habituée. Même si elle avait été amenée dans le passé à prendre quelques repas au Caprice, dans les bons restaurants chinois de Mayfair ou au River Cafe, elle savait bien que leur père les y habituait de manière temporaire, comme une sorte de jeu.

Il était certain que les Du-Vrê n'étaient pas pauvres, mais ils n'avaient jamais été riches. Loin de là. Ils ne faisaient pas semblant de l'être mais Michel aimait se faire plaisir. Il avait acquis, avec les années, cette habitude de toujours dépenser sans compter, parce que sinon la vie devenait désa-

Une famille

gréable. Et pour Michel, comme pour toute personne sensée, c'est plus plaisant lorsqu'on fait ce que l'on veut et que les gens sont contents.

Pour Beaule, c'était différent. Elle n'avait jamais travaillé. Elle était radine, et elle aimait profiter de ce dont elle pouvait, tout en continuant à s'en plaindre. Elle faisait pitié à ses parents, et ils l'aidaient beaucoup. Michel continuait de l'entretenir. Elle était aussi maintenant la seule dont elle devait se soucier financièrement, n'ayant plus de contraintes familiales. Sa condition devenait presque idéale.

Au bout d'un moment, Wilo en eut assez. Elle recevait régulièrement des messages insignifiants de sa mère, et les trouvait inappropriés. Ils étaient sans émotion, et elle ne les comprenait pas. Beaule semblait être la même : froide, égoïste, capricieuse, mystérieusement confuse de la situation dans laquelle elle-même s'était mise de son plein gré... Wilo et Pénélope avaient même reçu exactement la même lettre une fois. C'en était trop, et elles décidèrent toutes les deux d'un commun accord de faire comme si Beaule n'existait plus. Un pacte entre sœurs ; il était ridicule, mais cela leur faisait du bien.

Gare du Nord

Wilo avait ainsi continué ses études à la SOAS jusqu'à ce qu'elle obtienne son diplôme. Elle s'y plaisait. Elle habitait encore à Londres, et elle y avait toute une vie.

Elle voyait ses grands-parents, parce qu'ils étaient vieux, et aussi parce que Wilo avait changé. Elle était devenue plus douce, et plus compréhensive. Cela était certainement dû à l'université et à la vie à Londres, mais c'était peut-être aussi grâce aux séances de psychanalyse que lui avait payées Harald. Elle en avait eu assez d'être déprimée, insensible et froide. Depuis, toutes les semaines, elle voyait une femme, le docteur Soumaque, à qui elle expliquait ses problèmes et ses malheurs. Son physique était implorant et elle n'avait rien de chaleureux. Elle ne l'aidait pas tellement, mais Wilo aimait lui parler et lui dire des choses qu'elle n'avait jamais osé dire à personne et qu'elle ne s'était pas même autorisée à penser toute seule.

Elles parlaient souvent de Beaule ; ensemble, elles essayaient d'en tirer des conclusions positives plutôt que négatives. Parfois, Wilo pleurait lorsqu'elle essayait de comprendre sa vie et ce qui s'y était passé. Toutefois, elle préférait éviter d'essayer de comprendre. Elle aimait se dire que la vie est comme elle est. Elle souhaitait voir le

Une famille

bon côté des choses, plutôt que le mauvais. Elle voulait tirer quelque chose de « sincère » de la relation qu'elle avait eue avec Beaule, et elle se disait que si Beaule l'avait rendue plus triste, plus forte, et plus dure, c'était quelque chose de bon, dont elle bénéficierait. Elle n'avait plus envie de souffrir.

Puis les années sans se parler s'étaient éternisées pour Wilo et Beaule – tant d'années qu'il était devenu difficile de dire exactement combien. Son opinion sur sa mère avait évolué; Wilo avait décidé d'accepter Beaule telle qu'elle était, en prenant son égoïsme et sa démence comme des traits immuables, qu'elle ne changerait jamais. Elle s'était souvent demandé si Beaule était consciente de la peine qu'elle avait causée à ses proches, si elle avait délibérément voulu détruire sa famille, et si elle savait que tout deviendrait incontrôlable. Mais à quoi bon chercher encore des réponses ? Beaule ignorait certainement tout cela; et si ce n'était pas le cas, elle feindrait de l'ignorer. Alors un jour, Wilo avait décidé qu'il était temps de revoir sa mère. Elles s'étaient vues dans un café, Wilo était nerveuse, et Beaule lui avait offert un bijou qu'elle avait presque aussitôt perdu – on dit que les bijoux

Gare du Nord

ont une connotation sentimentale selon la personne qui les offre.

Leurs rapports s'étaient peu à peu normalisés et, au fil des années, Wilo était même retournée rue des Filles-Saint-Thomas. Elle y avait récupéré ses anciennes affaires en constatant la dégradation de l'appartement où elle avait autrefois grandi. Elle s'était alors sentie si troublée, si déboussolée et si nostalgique qu'elle avait préféré faire abstraction et essayer de ne plus jamais y penser. Et elle y avait réussi, comme si elle avait entièrement condamné l'accès à cette partie de sa mémoire.

Wilo aime à penser que chaque famille est comme elle est, pas autrement. C'est plus facile de faire semblant de l'aimer que de la détester. Lorsqu'on déteste quelque chose, on déteste une partie de soi-même... Sa famille on l'accepte, on l'embrasse, et parfois on l'aime. Pour le pire et pour le meilleur. Parfois seulement pour le pire.

Table

Le Lutetia 7
Portraits de famille 19
Rue de Vaugirard 77
Rue Singer 85
Drouot, salle des ventes 91
Rue Fizeau 117
Rue des Filles-Saint-Thomas 145
Place du Palais-Bourbon 159
Gare du Nord 183

CET OUVRAGE A ÉTÉ COMPOSÉ
PAR DATAGRAFIX
ET ACHEVÉ D'IMPRIMER
SUR ROTO-PAGE
PAR L'IMPRIMERIE FLOCH
À MAYENNE EN AVRIL 2013

N° d'édition : 17714 – N° d'impression : 84746
Dépôt légal : mai 2013
Imprimé en France